上州のきぬ遺産

# いぶし飼い夫婦の物語

永井佐紺 編著

上州のきぬ遺産

# いぶし飼い夫婦の物語

永井佐紺 編著

いぶし飼い夫婦の物語

# 繭の山河

目次

# 一、武尊山麓の暮らし

群馬県の特色を描いているかるたに「繭と生糸は日本一」という読み札がある。群馬県をその日本一にした人々として多くの人が挙げられているが、永井紺周郎《こんしゆうろう》と妻のいと夫妻もその中に含まれると言われている。永井紺周郎は武尊山麓の針山新田《はりやましんでん》に、天保二（一八三一）年十月十一日に生まれた。妻のいとは吹割《ふきわれ》の滝で知られる追貝《おっかい》村の金子半右衛門の長女として天保七（一八三六）年六月二十五日の生まれである。針山新田は県天然記念物に指定された「天王《てんのう》ザクラ」の咲く所で、その至近距離にある家が紺周郎の生家である。

明治期初頭に編集された『上野国《こうずけのくに》郡村誌』に「…天正以降真田《さなだ》氏ニ属シ、天和《てんな》元年代官支配ニ属シ、天保十四年旗本ノ菜地《さいち》トナリ、明治元年岩鼻《いわはな》県ニ入《い》ル…」とあるので、紺周郎の出生当時の針山新田は代官による幕府支配地だったと分かる。紺周郎が十一歳のとき旗本の知行《ちぎょう》地に変わり、その状態は幕末まで続いていたことになる。

次の記述も同じ郡村誌による資料であるが、「…戸数十二戸、人数四十九人、牝馬《めすうま》八頭、地味は黒土にして肥沃《ひよく》の地なし、諸種に利あらず、水利なし、薪炭《しんたん》に富めり、物産は繭十二石、麻布《あさぬの》十二反、男女農桑に従事し異業なし…」等である。

これらのことから、当時の暮らしは、粟《あわ》、稗《ひえ》、蕎《そ》麦《ば》などを主食とし、夏季には畑仕事と養蚕、冬季には男は薪《まき》伐《ぎ》りと炭焼き、女は麻布を織るなどをして現金収入としていた。

薪炭、麻布、繭などの出荷は隣村の花咲《はなさく》を経て背嶺《せみね》峠あるいは千貫《せんがん》峠を越えて、沼田で現金化して生活物資を得ていた。

また、沼田へでなく、古くから大間々町《おおまままち》へ行く道もあり、その場合は伊香原《いかはら》から会津街道に入り、大原新町《おおはらしんまち》から老神へ下って根利《ねり》を経て行った。この道は利根郡の人達が大間々往還《おおままおうかん》と呼んだ道で、平塚《ひらつか》から水運《すいうん》で江戸への連絡もあり、東入《ひがしい》りの人はこの道も多く利用していた。江戸は大量の木材その他の物資の消費地で、戸倉、土出《つちいで》、越本などの馬方は会津から運ばれて来るネズコ（黒桧）板、薬種、塗り物、米などを多く運んでいた。

天王ザクラ　（針山）

幕末に近い頃、農産物を馬に積んで沼田城下あるいは大間々町に入ると、「繭を持っているか、中繭《ちゅうまゆ》でもくず繭でもいい」と聞かれたという。健康な蚕の作った繭を本繭《ほんまゆ》または上繭《じょうまゆ》、蚕の糞《ふん》や滲《し》みなどで汚れた繭を中繭またはくず繭と言っていたが、くず繭でも売れていたのである。

当時の様子を統計面から見ると文久二（一八六二）年に横浜港からの輸出総額六三一万ドルのうち約九割を生糸がしめ、さらにその翌年の輸出総額は一〇五五万ドルとなるが、やはり生糸がその約九割を占めていた。

このように繭の需要は年ごとに伸びていたが蚕病《さんびょう》に悩むことの多い従来からの飼育方法にはさして大きな変化がなかった。

## 二、戊辰戦争の兵部たち

利根郡では、古くから片品川の上流地域を東入《ひがしい》りと呼んでいた。この地域では蚕が白く粉を吹いて固くなるのをコシャリまたはオシャリ、大きくはなるが繭を作らずに死んでいくのをタガオコサマまたはタルオコサマ、休眠に入らず脱皮のできない蚕をスキ蚕《ご》などと言い、この三つが代表的な蚕病だったが、どれも防ぎようのないものと言われていた。ところが、これを防止する方法の糸口がある出来事によって発見されたのである。

このことについては、次のような古文書《こもんじょ》があり、以下はその一部分である。

「…此時《このとき》沼田藩士二十五人降雨を侵《おか》して永井紺周郎宅に来《きた》り、一昼夜滞在なし衣服、武器の濡物《ぬれもの》を乾燥なす為、数ヶ所にて焚火をなしたるに、宅内非常の高温となれり。時に三眠《さんみん》起て四ヶ目《よっかめ》なり。毎日降雨なりし為雨露《あめつゆ》の滴《したた》る桑葉を給桑《きゅうそう》なしたる為、十中《じっちゅう》の八、九分は空頭蚕《くうとうさん》（其《その》当時はスキ蚕《ご》と称す）となり居たり。然るに多量の焚火《たきび》をしたる為、蚕座《さんざ》の乾燥急速なるに依り、家人は肌を脱ぎ汗を流して多量に給桑したるに、六ヶ《むいか》目《め》午後ニ至り一斉ニ休眠《きゅうみん》なし、不眠蚕一頭もなく其後の結果良好にして、上蔟《じょうぞく》ニ至るも一頭の病蚕《びょうさん》もなく良結果を得たり。茲《ここ》ニ於て養蚕飼育に焚火使用の必要を感じ此の研究開始をなしたり…」（「永井流養蚕術伝記」門人三浦幸三郎記より）

この文書は永井流養蚕傳習所の門人でその役員も長く務めた片品村幡谷《はたや》の三浦幸三郎によって残されたものである。

「…自分儀、明治二十六年秋期二代目永井先生に入門し、翌二十七年春蚕《はるご》より四十四年春蚕迄、十八年間各地方へ巡回指導に随行《ずいこう》なし、蚕体《さんたい》の健不健、病蚕《びょうさん》の鑑定並に予防法の実地指導を受け居りし…」。これも同氏の残した記述の一部であるが、巡回指導に長い間随行していることから、永井流の沿革とその内容を熟知《じゅくち》していた人と推察される。

* *

慶応四年の旧暦の閏《うるう》四月中旬から旧幕府軍と討幕派の西軍は三平峠あるいは沼山峠を境に対峙《たいじ》していた。沼田藩は討幕派に属していた。多くの討幕軍は沼田会津街道の本道である高平村から数坂峠《かつさか》を越えて園原村に下《くだ》り、片品川沿いに北上していた。前橋、高崎、安中、吉井、足利、佐野、伊勢崎、小幡などの藩兵だった。

討幕軍の正式の名称は東山道先鋒総督軍《とうさんどうせんぽうそうとくぐん》と言った。巡察使《じゅんさつし》と呼ばれる統率者《とうそつしゃ》は騎馬《きば》を使っていたが、その他の兵士は皆徒《かち》で歩兵《ほへい》とも兵部《ひょうぶ》とも呼ばれていた。兵部を兵武と書く文書も少なくなかった。沿道の人々が、大砲、弾薬、食糧などを運ぶ役として割当《わりあて》人夫《にんぷ》を務めていた。名主を通して割り振られてくるので、農民は否応なく出仕しなければならなかった。

当時の様子を記録した、沼田城下に近い下久屋村《しもくやむら》の農家に残る文書によると、蚕の上蔟と大麦小麦の収穫作業がこの時期の仕事で、沿道の農民にとっては「寔《これ》困《こん》窮《きゅう》之基《のもと》哉ト心配致居申候」と記している。

沼田藩だけは、横塚から左に折れて生品村《なましな》、川場湯原村《ゆばらむら》をぬけ、武尊山南麓《なんろく》の尾根にまたがる千貫峠《せんがん》あるいは背嶺峠《せみね》越えで戸倉に向かっていた。

三浦文書《もんじょ》によれば、沼田藩兵が紺周郎の家に泊まったのは蚕が三眠から起きて四ヶ目《よっかめ》だったとある。ミニエー銃など金属製の重い銃をかつぎ、弾薬、食糧、フランケットなどでかさばる背嚢《はいのう》を背負って、雨水《うすい》の滴《したた》る藪くぐりをして来た沼田藩兵は、紺周郎の家の庭に整列したときにカチカチと歯なりの音さえさせていたという。彼らがどれほど焚き火の暖かさを期待していたか、想像にかたくないのである。

しかし、その時の紺周郎家《け》の母屋には火の気がまったくなかった。これについては昭和三十八年に編集された『片品村史』にそのわけが記《しる》されている。

「…本村の養蚕は古来から行われ、徳川時代にも現金収入のおもなものであった。ところが高冷地であるため、低温であることと、比較的雨が多いので湿度が高いために、毎年コシャリが多く出て収繭《しゅうけん》が不安定であるのが本村のなやみであった。

明治以前は、お蚕《こ》さまは煙をきらうというので、春蚕《はるご》の掃き立てと同時に、一切《いっさい》の炊《すい》事《じ》は屋外で行い、寒いからとて蚕室《さんしつ》に火気を持ち込むことは、かたく禁じられていた…」

のである。現在の養蚕家の常識からみれば、少なくともコバガイ（稚蚕飼育）室は高温だったのではないかと思うであろうが、戊辰年《ぼしんねん》の頃はそうではなく、催青《さいせい》を女衆《おんなし》の腋《わき》の下でぬくとめて行《おこな》ったという話さえ聞かれるほどだったのである。蚕が火気と煙をきらう生き物であること、そのことが長年のうちに常識となっていたことが分かる。

なお、腋の下での催青については、遠い昔の語りぐさに過ぎないとも思われたが、昭和五十三年発行の『小野上村誌』に「…往時《おうじ》蚕種の催青は人間の左右の腋の下へ抱きこんで体温で孵化したといわれている程で自然飼育であった…」とあり、上州の北部地域では催青の一つの方法だったと見られるのである。

沼田藩の兵部らの様子を見た紺周郎は、妻のいとと娘の志ち《し》に話して、母屋《おもや》の西側の薪小屋から枯れ枝と薪、それに焚き付けの杉の枯れっ葉《ぱ》などを運んだ。三人の様子から事情を察したらしく沼田の兵部らも機敏《きびん》に動き出し、台所の囲炉裏《いろり》、厩《うまや》前の石囲《いしがこ》いの火燃し場、それにコバガイ道具を取り払ったばかりの座敷の囲炉裏などにも、間もなく暖かい炎が上がった。

沼田の兵部が紺周郎の家に宿泊したことについては、突然やって来たらしいという話もあるが、少なくとも二、三日前には分かっていたはずだという話もある。どちらも推察であるが、三浦幸三郎文書にはどちらとも書かれていない。

紺周郎の一人娘の志ちは、その時十三歳だった。志ちは満九十一歳まで生きて昭和二十年三月十八日に亡くなっている。志ちの葬儀の日、母屋の庭の野菜畑に少し雪が残っていたのを覚えている。その時私は小学四年だった。「お婆《ば》ぁ、お婆ぁ」と呼んでこの人に私はよく懐《なつ》いていた。母は働き盛りで田畑の仕事に忙しく、私はこのお婆ぁと過ごすことが多かった。昔話を多く知っていて、語ってくれたのもこのお婆ぁだった。沼田の兵部が泊まって火をうんと燃したという話はこのお婆ぁから何度も聞いていたが、前触《まえぶ》れもなく来たのか予告があって来たのかについては記憶にない。

ただ、考えられることは、兵部が隊を組んで行動する場合、先ぶれの兵士が組を作って道路や橋の様子を調べたり、泊まる家や食糧を確保したり、また、進路を阻《はば》む敵兵の潜伏状況などを探る斥候《せっこう》の役目なども与えられていたものと推察される。このことを勘定《かんじょう》にいれると、やはり前もって宿泊の日時や人数などは知らせてあったものと考えられるのである。

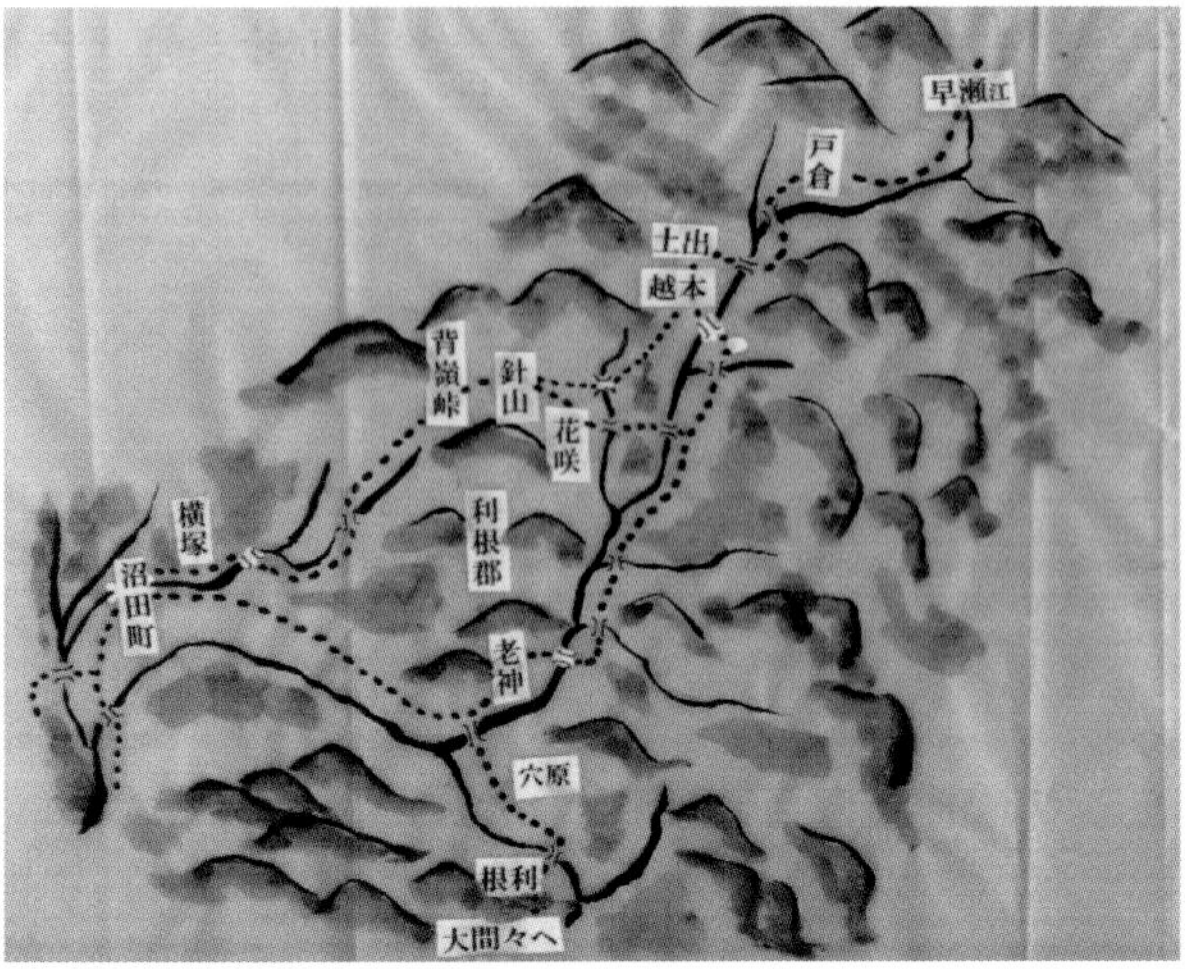


　それで、紺周郎の家でも近所の女衆《おんなし》を頼んで、粟《あわ》っ蒸《ぷ》かし（粟と小豆《あずき》で炊いた強飯《こわめし》）と蕎麦切《そばき》りていどではあったが、兵部たちの胃袋を満たすための用意はしてあったのであろう。しかし、わが家の蚕時《かいこどき》の炊事はコイイ（納屋）や味噌蔵《みそぐら》の庇《ひさし》などを使っていたらしいので、屋内《おくない》で火を焚くことだけは全く思いつかないことだったらしい。それは昭和三十八年に発行された『片品村史』（六近代）の記述にも見られるように、蚕は冷涼な環境で育てなければならないと、長い間信じられてきたことによるのである。

　ところが、沼田藩の兵部のために火を焚いたこと、この思いがけない出来事が蚕病を予防して豊繭《ほうけん》をもたらすことの予兆《よちょう》になったのであり、このことは幸三郎文書にも述べられている通りである。

# 三、兵部をガニ沢峠まで送る

明くる日もまた雨だった。紺周郎と千明《ちぎら》弓太郎《ゆみたろう》、それに弓太郎の親類筋の千明熊治郎《くまじろう》の三人は、沼田藩兵を越本境《こしもとざかい》まで山案内をするように頼まれていた。山案内と言っても村割り当ての人足と同じで、兵糧《ひょうろう》や野砲《やほう》を積んだジゴロ（野道向きの小型の荷車）を引くのが仕事だった。

鎮守《ちんじゅ》の森のきざはし前を東へ進んで上之久保《うえのくぼ》の峠を越え、イギチリをぬけて大品っ原《おおじなっぱら》に出た。原の中ほどにネズコ（黒桧）造りの大鳥居が建っている。鳥居をくぐって直進すれば前武尊への参道になるが、右に折れて奥土《おくど》の十二様を目指す。

十二様前の河原は普段なら浅瀬になっていて徒渡《ただわた》りが容易だが、今年は夏至《げし》前からの雨続きで川荒れがひどかった。結局八間《はちけん》ほどに育ったネズコ二本を伐り倒して丸木橋をこしらえて渡った。この橋架けで、巡察使《じゅんさつし》のつめる土出《つちいで》の大円寺《だいえんじ》に着くのが半日ほど遅れるかと予想されたが、隊長である中村勇左衛門《ゆうざえもん》の顔にあせりのいろはなかった。

塗川《ぬりがわ》左岸の林を登りつめた辺りがガニ沢峠の頂《いただき》で、すでに越本から山案内の百姓らが何人か迎えに来ていて、その人達にジゴロの引き綱を渡した。

沼田藩の兵部らは、紺周郎たちに向かって口々にねぎらいの言葉を述べた。

「無事に帰れるようなら、粟《あわ》っ蒸《ぷ》かしがまた食いたい」

「いぶかった（けむかった）けれど、温《ぬ》っくくってよく休めた」

などと若者らしい物言いをしてから、越本の山案内らと山道を下って行った。

三人は大品《おおじな》っ原《ぱら》の鳥居まで戻ってから、頃《ころ》を経《へ》た蕨《わらび》を採《と》った。やや伸びすぎてはいたが、味噌汁の具にはなりそうだった。原のあちこちに翁草《おきなぐさ》（この村での名は河原稚児《かわらちご》）が淡いむらさきの花びらを見せていた。紺周郎は弓太郎らと三人で蕨を探しながら、頭の隅では、夕べは兵部のために焚き火を大がかりにしたが、蚕はどうなっているだろうかと思っていた。でも口には出さなかった。

針山新田に入って、熊治郎と別れ、弓太郎と別れ、ケエドウから母屋の庭に入った。いつもならザワザワと聞こえてくるはずの蚕の桑を食う音が聞こえなかった。耳がどうかしたかと柏手《かしわで》を打ってみた。だが、その音はよく聞こえた。さては兵部でえ（の人達）のための火燃しでお蚕様《こさま》がだめになっちまったか、紺周郎は大とぼ（大戸）の潜《くぐ》り戸からドジ（土間）に入るとハシゴダンをかけ上がった。

二階では、姉さんかぶりのいとと娘の志ちが棚飼《たながが》いの目籠《めかご》（蚕籠）を引き出しては蚕に焼き糠《ぬか》をふりかけていた。どの蚕もやや黄色みを帯びた口をとがらせて、早くも脱皮の準備に入っていた。

「いと、お蚕様が、はあ（もう）ねぶりにへえった（入った）かやい」

「あい、兵部さんらが出るとじきに桑を食わなくなっただよ」

「そうか、一日分、いや一晩分早く休みにへえっただな」

「あい、みんな無事に目を覚ましてくれればいいだけど……」

「そうだな、あれだけ火を燃しただからな。とにかく焼き糠を多めに振っておいてくれ。

そうしたら休め。ゆんべはまさか賑《にぎ》やかだったからな。おれは田の水見《みずみ》に行って来る」

蚕は四眠《よんみん》、ニワの休みに入ったのだった。これからおよそ二日間、蚕は食い残した桑の葉の筋や小枝につかまったまま眠り続ける。眠るというけれど、本当のところは、脱皮とともに歯まで新しくなるので、いい歯になるまで桑の葉を噛《か》むことが出来ず、それでおよそ二日間ほど休みの時が必要なのだ。

蚕が眠っている間にも、シケがひどいとコシャリやタガオコサマになる心配がある。それでいと娘の志ちは、沼田藩の兵部が出発するのを見計《みはか》らって二階の東西の障子戸《しょうじど》や雨戸をいっぱいに開けて風の通りを良くしたり、焼き糠を振りかけたりしていたのだ。

紺周郎は加生分《かしゅうぶん》の稲田の水加減《みずかげん》を見てから泥掻《どろが》きをした。裸足《はだし》で水田に入って素手《すで》で田の底を掻き回すので誰もが泥掻きと言っている。こうすると田の水草が増えず稲の分《ぶん》けつも良い。それに稲にまじって稗《ひえ》も生えているので時々引き抜いては畔《くろ》に放り投げるのだ。

水田はもともと紺周郎の家にはなかった。祖父の作左衛門が隠居で出る際に、秣場《まぐさば》としてついてきたのだが、道祖神渕《どうろくじんぶち》近くの起伏《きふく》の激しい荒れ野で、水田にするのはとても無理だとひとに言われる中、嫁に来たばかりのいと二人で掘ったのがこの田だった。志ちが生まれる四年前、嘉永五年のことだった。

初めのうちは野鼠穴《のねずみあな》が多く、水持ちが悪かったが、この頃は日が昇って半日もすると田水《たみず》が温《ぬ》るたっこく感じられるようになった。

泥掻きが終わると馬草《まぐさ》用に田の畔の草を刈って、背負って帰るのであるがこれも養蚕の合間《あいま》の紺周郎の仕事になっている。

慶応三年の秋口から紺周郎の祖父の作左衛門が寝込んでいた。そして、夫の作左衛門につきっきりで看病をしていた祖母のおたき婆《ば》ぁさまも、年が明けると二十日正月《はつかしょうがつ》過ぎから右膝《みぎひざ》の痛みが高《こう》じて動くのが不自由になっていた。この二人の世話をするのもいとと志ちの役目だったから、紺周郎が休めと言っても、そうそうはのんきにしていられないのが女衆《おんなし》の立場だった。

ニワ休みの二日目は三人で桑刈りをした。ニワに起きれば蚕は夜昼《よるひる》休まず桑を食う。紺周郎の家の蚕は蚕種《さんしゅ》が一枚に手数料が五銭でしめて一円と五銭、ほかの家に比べて多い方ではないが、それでも、三人が休まずに桑刈りをしなければ蚕のほうが日干《ひぼ》しになる。

針山新田は勿論《もちろん》のこと、利根郡の山間部の桑は高木仕立《たかぎじた》てで栽培されている。これは霜《しも》の害から初夏の桑の新芽を守るためである。どこの家でも、男が桑の木に登って剪定鋏《せんていばさみ》で葉をつけたまま切り落とし、女衆《おんなし》や子供達がそれを拾うのがならいになっている。平坦地では蚕の細々《こまごま》とした世話から畑での桑《くわ》採《と》り仕事までほとんどが女手《おんなで》で間に合うことから、養蚕は女性の仕

桑刈り前の高木（針山）

事などと言われているが、この地域ではその言葉は当たらないのである。

## 四、焚き火のおかげ

紺周郎の家の蚕は、ニワの休みに入ってから三日目の早朝にはみんな薄皮をぬいで目覚め、桑を食う音が母屋の中を満たした。しかも、動きが緩慢《かんまん》になってスキ蚕になりそうな蚕は一頭も見られなかった。

「いと、こりゃぁ、焚き火のおかげに違いねえ」

「あい、温《ぬ》っくくしてやったせいだかむし」

「湿《し》っ気《け》がねえから、にしら（おまえたち）がまめに戸を開けたのも良かったか知れねえ。フナの桑食い期間とニワの休みを合わせると一日は短くなった。その上スキ蚕《ご》もコシャリも出てねえ」

「去年の春蚕とは大違いだむし。種《たね》のせいもあるべえか」

「うぅん……、種は去年も今年も島村の栗原甚五平《じんごべい》さんのだが……」

「それじゃぁ、やっぱり焚き火のおかげだかむし」

紺周郎といとは、ニワ起き後も階下《かいか》で焚き火を続けた。そして、煙が二階にこもると雨戸と障子戸を開け放って換気《かんき》をした。

ニワ起き四日目のことだったが、朝餉後《あさげご》早々に後ろの弓太郎が解《げ》せない顔で門口《かどぐち》をくぐった。そして、

「おいと姉《あ》んねえ、火を燃しているだかい」

と言った。紺周郎はちゃがし（朝飯）前の桑刈りに出ていた。いとは囲炉裏に焙烙《ほうろく》を下げて蕎麦《そば》焼き餅を焼いていた。

「あい、燃してるよ。はあ、焼けるから、ひとつ食っていがっしゃい」

「焼き餅は、おらがでも焼いているよ。コイイ（納屋）のドジで焼いてるだよ。お蚕様にさわる（支障がある）から、家の中では焼いてないよ」

そこまで聞いて、いとは弓太郎の来たわけがのみこめた。わが家では、今は何の不思議もなくお蚕様がいるのに台所の囲炉裏で火を焚いている。その煙がこもって二階の障子戸までまるで燻《いぶ》しでもしたかのように黒ずんでいるのだ。それに気がついて弓太郎は心配して来てくれたのだ。

その晩、紺周郎は夕餉《ゆうげ》すぎに弓太郎の家へ行った。そして、沼田藩の兵部が来た晩のこと、弓太郎と熊治郎と一緒に兵部の山案内をしてガニ沢峠まで行って、戻ってみると蚕が一斉《いっせい》にニワの眠りに入っていたことなども話した。弓太郎は紺周郎の話を目をまるくして聞いていた。そして一言《ひとこと》、

「おらもやってんべえ。おせえてくだい」

と言った。くだいと言うのはこの辺りの丁寧《ていねい》言葉で下さいのことだ。弓太郎のほうが四年ほど遅く生まれているからだ。

＊　　＊

その後のことになるが、紺周郎の家の蚕は、ニワ起き後八日目で上蔟《じょうぞく》になった。弓

太郎の蚕は十日目で上蔟になった。それでも弓太郎の家の蚕はほかの家より二、三日揚《あ》がるのが早かった。昔から、長雨の年は桑を長く食うと言われていたので、弓太郎は、

「こりゃあ、火燃しの効《き》き目だむし、ぼや（枯れた小枝）だの薪だの、粗末《そまつ》にゃあできねえむし」

と喜んでいた。

目籠《めかご》にみながわを敷き、飴色《あめいろ》になった熟蚕《じゅくさん》をその上に広げる。この蚕を利根郡地域ではズーと言っている。ズーをなるべく均等《きんとう》になるように広げてから、その上に冬仕事で折っていた萱蔟《かやまぶし》を広げる。

「お父《と》っつぁん、おっ母《か》ぁさぁ、遅れっ子もコシャリも一つもいない。どうしてだっぺ」

志ちの声音《こわね》は高っ調子だ。嬉《うれ》しい時の声だ。いつもの年なら、どの籠にも少なくとも三頭か四頭は体をまっ白にして死んでいる蚕がいた。利根郡の東入り地域ではこれをコシャリと言っている。コシャリはまとめて、味噌蔵の下根《したね》の梨の木の根元に埋めている。それはここ数年志ちの役目になっていた。志ちはこの役を好《この》まなかったが、たいていの家が子供の役の一つにしていたのである。

「おやげねえ（かわいそうだ）なあ、みんなと一緒に仲良く桑を食っていたんになあ」

志ちはそんな言葉をかけながらコシャリやタガオコサマの死骸を土を掘って埋めてやっていたのだった。

蚕揚《かいこあ》げが終わると、母屋の中の火燃《ひも》しはできなくなる。蚕の吐く細い糸に烟《えん》が少しでもつくと繭の等級がさがるからだ。どこの家でも、風呂をニワかセドの流れ井戸近くに

出す。風呂は桶屋《おけや》が作り、古くなると修理も桶屋に頼む。それでだれもが風呂桶《ふろおけ》と言っている。農家でこの風呂が先祖から受け継がれ、使われているのは貧しさ故ではなく、養蚕という生業《せいぎょう》にとって欠くことのできない家具だったからである。

では、上蔟後の火気は全部だめだったかというとそうではなかった。紺周郎といとは、針山新田のような高冷地では上蔟後も高温のほうがいいはずだと考えて、冬の間に焼きためていた木炭を使って台所、座敷、出居などの囲炉裏に熾《おき》を大量におこして室内温度を上げるようにした。

寒ければ蚕は不活発になり、繭を作る時間も長引くはずだ。そうすると、途中で病気になったり繭つくりをやめて蛹《さなぎ》になってしまったりする蚕も出るのではないかと考えたのだった。

## 五、雪のようなマンマを

熟蚕《じゅくさん》になると二階の蚕棚《かいこだな》に上げる。目籠《めかご》にみながわを敷き、その四隅に長さ二十センチ、幅五センチほどの木端板《こばいた》を一本ずつ立てて麻紐《あさひも》を張る。麻紐は目籠の三尺の側に一本ずつ（計二本）張る。そして萱蔟《かやまぶし》の元の折り目が麻糸をまたぐように置いてからほぐしながら熟蚕の上に延ばしていく。反対側の麻糸からも同様にして蔟を広げていくと一枚の籠が出来上がる。

昭和二十五年前後から稲藁《いねわら》で編んだ改良蔟が使われるようになったが、萱は地域の共有林の萱場でただで得られたので利根の東入り地域では萱簇が長い間使われていた。ただし、萱簇は一度の収穫ごとの使い捨てで、燃したり、堆肥《たいひ》に入れたりして、次に使う簇はまた新しく折る必要があるので手がかかることも事実だった。改良簇の場合は、毛《け》羽《ば》やごみなどを除いてから保管しておくだけで何年でも使うことができた。しかし紺周郎と妻のいとの時代の頃は全て萱簇で、織るというより折るの言葉のほうがふさわしかった。

蚕は上へ上へと上っていく性質があるので、ほとんどの蚕がじきに簇に上る。みながわの上でぐずぐずしているものはほとんど見られない。簇に上ると、しきりに上半身で円を描くようになる。これは繭作りの前段で居場所をきめる動きである。たいていの熟蚕は、翌朝には繭に隠れてほとんど見えなくなる。そして、上簇してから八日目頃には繭が完成して繭かき仕事になる。

紺周郎の家の場合は総二階のクズ屋根（萱屋根）なので、二階から天王ザクラの眺められるところが例年の繭かき場所だった。紺周郎が目籠から繭のついた簇をいとと志ちの前に置く。二人は簇から繭を取ってボテエ（繭籠《まゆかご》）に入れ、簇は天王ザクラの見える腰高窓《こしだかまど》の敷居から外に落とす。

「お父《と》っつぁん、今年は繭が多いんみてえだよ」

と志ちが言った。

「そうかぁ。多いかな。志ちのボテエはちっちい（小さい）から、すぐにいっぺえになるじゃぁねえか」

「ううん…、それがいつもより…、じきにボテエがいっぺえになるだよ」

「そうかい、そうだらいいがな…」

すると母親のいとがひきとって、

「志ちの勘《かん》は 当たってるかも知れないよ、おっ母《か》ぁがボテエも割といっぺえになるんが早いだから」

「そうか…、ということは、やっぱり今年の甚五平《じんごべい》さんの蚕種が多かったかなぁ、掃き立てんときは、そうも感じなかったがなぁ…」

話がそこまで行ったところで志ちが、分かったぁと、とんきょうな声をあげた。そして、

「今年の夏はさぁ、一匹もコシャリが出なかったっぺ、そのせいだと思うよ」

と言う。

「そうだなぁ、そう言えば、スキ蚕《ご》もタガオコサマもいくらも見えなかったしなぁ」

といとも言う。

二人のボテエに貯まった繭は紺周郎が毛羽取り器にかける。繭は毛羽取り器の上でクルクルと忙しく回り、やがて白い光沢をきわだたせると選別籠《せんべつかご》に落ちていく。

「あれかなぁ、来年、あとひと夏、焚き火を燃してやってみて、うんまくいぐようだら(なら)、村のてえにも話していいかなぁ」

「よかんべぇ。そうしらっしゃい(してください)。これが本当だら、足尾《あしお》へ女中奉公に行った娘《こ》が、たった一夏で骨と皮べえになって帰って来たなんちゅう話も聞かなくて

よくなるべえむし」
いとが、しんみりした口調で答えた。
村の人々は足尾と聞けばあかがね街道の奥に栄えている足尾銅山のことだとすぐに分かる。ここでは男は坑木の伐り出しや鉱石掘り、女は仕事衆の飲み食いの世話や鉱石の選別など、多くの労働力を必要としていた。
ここの日雇《ひよう》で得られる賃金は、他所《よそ》では得られないほど高額ではあった。しかし、休む間もなく働いて、体をこわして帰って来る者も少なくなかった。
それで、いくら金がほしくても、娘を足尾にだけはやるな、そんな言葉が世間のうわさ話の中に聞かれていたのである。いとの生まれた追貝は、峠一つでその足尾に連なる大間々往還の宿場だった。
「うん、そうだな。本繭が油単《ゆたん》二袋にもなれば、玄米で三俵は買える。どこの家でも正月に白い飯が食える。町の魚屋で塩引きがまるまる一匹は買えるべえ、みんなで新しい足袋をはいて初詣もできべえしなぁ」
紺周郎がそう言うと志ちが、
……………
お正月はいいもんだ、
雪のようなマンマ食って、
木っ端《ぱ》のようなトトせえて（添えて）、
お正月はいいもんだ、

………

と歌った。この村に古くから伝わる童唄《わらべうた》で、雪のようなマンマは白米のご飯のこと、木っ端のようなトトは塩鮭のことである。塩鮭は塩引きとも言っていた。蚕が当たらなければ雪のようなマンマも、木っ端のようなトトもなかなか食べられないというのが当時の暮らしだったのである。

紺周郎の家の蚕仕事は、慶応三年には蚕種一枚を飼って上繭《じょうまゆ》が二貫と八百匁《もんめ》、今年は同じ一枚で四貫がとこ穫れた。三貫でも少ないほうではなかったから、四貫となると上出来とみて良かった。

## 六、戸倉戦争

戊辰《ぼしん》戦争は幕政《ばくせい》を一新して、全く新しい国の体制にしようという考えと、幕政の長所も生かしながら国の形を改革していこうという立場の人々による権力闘争だった。一口に言うと旧幕府側と新政府側の戦いだった。言うなれば主導権の奪い合いという表現が適当かも知れなかった。

この戦争は、京都の鳥羽《とば》と少し離れた伏見《ふしみ》の両方で慶応四年一月三日に始まった。この場所は京の都《みやこ》の中心部に出入りする境目のような所の街道で、入京しようとする旧幕府軍側とこれを阻止《そし》する新政府軍側との間に始まった。

最初の発砲は新政府軍側からだったと言われている。やがてこの戦《いくさ》は国内の方々に広がり、翌年まで長引いて明治二年五月の函館《はこだて》の戦で終結した。ところがこの戦が上州北辺の戸倉においても起きていたのである。

紺周郎が弓太郎、熊治郎らと共にガニ沢峠で沼田藩の兵部らと別れたのは旧暦《きゅうれき》で五月の十三日あるいはその前後だった。兵部らはそこから越本の細工屋《さいくや》に出て、片品川沿いに北上し、総督府軍が本陣にしている土出《つちいで》の古仲《こなか》の大円寺《だいえんじ》についた。

隊長の中村勇左衛門が本堂の土間に入って受け付け役に到着を報じていると、須弥壇《すみだん》の前で昼飯の膳に向かっていた体格のいい男が、

「なんでもなぁ、わしはまだ見てないんじゃが、滝の所を登るんじゃやそうな。気いつけてな」

と箸《はし》をかざしながら言った。詰《つ》め襟《えり》の黒の上着を着て、ベルトに長刀を手挟《たばさ》んでいた。

中村は「はい、ありがとうございます」と答えて頭を下げてから表に出た。そして、今の人が巡察副使の豊永貫一郎《とよながかんいちろう》らしいと思ったのだった。

沼田の一箇小隊が、仙ノ滝《せんのたき》の急坂を上って戸倉の関所前に出ると、一丁ほど先に木立《こだち》に囲まれたお宮の屋根が眺められた。これが十二様の森で、道沿いに野砲が十数基並んでいた。お宮への石畳を行くとオコゼを象《かたど》った木彫りの板が羽目板に下がっていて、その横手の広場で若い兵部が相撲《すもう》に興じていた。褌《ふんどし》一つのはだか相撲だった。

森のそばにクズ屋根の農家が一軒建っていて、そこが前線本部になっていた。沼田の兵部がクズ屋根の軒先にならんで待っていると、白髪《しらが》交じりの総髪を左右に分けた男が現れて、

「ご苦労でありもうすな。わしは原保太郎《はらやすたろう》でがんすがな」

と言い、さらに続けて、

「ここから一里ばかり川上にな、ごおさん清水の湧くところがあってな、土地のもんは大清水《おおしみず》と呼んどるげな。そこで、足利《あしかが》の衆と一緒にたのむわい。小屋も出来とるばい」

と言った。やはり豊永貫一郎同様に詰め襟の黒服で、革帯に長刀を手挟んでいた。

次の文は昭和三十八年編の『片品村史』からの引用である。

「…五月二十一日の朝のことであった。突如一発の銃声が、周囲の山々にこだまして鳴りひびいた。つづいて数発。それは官軍の砲列を敷いた林の中よりさらに上の山腹から射撃されたもので、ねらいはまさに官軍の屯所《とんしょ》であった。

全く不意討ちで、官軍はここに屯所を設けてから十日になる。さらに前方へ斥候《せっこう》を出したりして、敵のようすをさぐったが、会津兵は影も形も見せなかったので、はたして敵がこの方面に出撃してくるのか、実は半信半疑だったのである。それで気をゆるしていたわけではなかろうが、この日は朝から風呂をたてたりして、兵部たちはかわりばんこに、昼湯をたのしんでいたところであった。そこへ頭の上の尾根から、一せいに射撃されたもので、鉄砲玉がビュンビュンとんで来たから全くあわてふためき、はだかで逃げ出す始末であった。

街道へ向けてあった大砲も、上からやられたのでは応射《おうしや》も出来ない。（中略）官軍は到底防ぎ得ないことを知った。まかり間違えば全滅のうき目をみる。

すぐ退却して戸倉の部隊と一つになることとし、いっさんに逃げた。戸倉では関所の上手《かみて》、十二の森附近に兵を配置して迎え撃つこととした。やがて会津兵も追撃してきて、双方の間に銃撃戦が展開された。

驚いたのは村人であったろう。突然戦場となって流れ弾丸《だま》がとんで来る。鍬《くわ》をすてて畑から帰ってくる者、わが子を横抱きにして逃げる者、全くてんやわんやの騒ぎであった。だがここでも官軍は防ぎ切れなかった。会津兵は勢いに乗じて部落へ突入し始めたので、官軍はついに仙ノ畑《せんのはた》方面へ退却した。この戦いで、官軍の足利藩《あしかがはん》の今井弁輔《いまいべんすけ》は、弾丸《たま》にあたって戦死した。年わずかに二十一才であった。またいま一人吉井藩《よしいはん》の伊東長三郎《いとうちようざぶろう》は、仙ノ橋《せんのはし》のたもとで、高い柳の木にのぼって敵状を偵察《ていさつ》中、狙撃《そげき》されて落命した。年二十七才であった。…」

奥《おき》の片寄せ付近の馬頭観音
（戸倉）

初めに戦《いくさ》の始まった所が大清水とは書かれていないが「部落より約四キロ進んで、山神を祭る小社のある所」と書かれているので大清水辺《あた》りのことであろう。

戸倉と大清水の間にはとまの片寄せ、中の片寄せ、奥の片寄せという地名があるほどで、狭い崖道を大砲などをひいて行くのも大変だったと推察される。昼湯を楽しんでいたとあるので、風呂桶《ふろおけ》なども用意していることが想像される。ところが、不意討ちに遭って十二の森まで退却することになる。そこでも持ちこたえられず仙ノ滝辺りまで後退しているのである。最初の片品村史が編集された頃は、戊辰年《ぼしんねん》当時を知る人が健在だったので、当時の様子が具体的に表されているのである。

この時の様子については下久屋村の倉品家文書の五月の部分にも「同廿一日四ッ時より東入戸倉村ニ官軍勢宅所《(屯所)》江会図方《(会津)》より不異《(不意)》ニ鉄砲打懸切立突立、火放致《かほういた》し、戸倉村不残焼払、官軍勢大敗軍ニ而戦地ヲ逃去、手追《(手負い)》死人数多有之趣ニ候」と記されている。

越本細工屋の入澤啓治郎の残した文書の中に「…明治元戊辰歳五月廿一日官軍会津肥後守《ひごのかみ》ト戸倉戦争ノ時ハ拾五才なり父ト倶《とも》ニ須賀川迄行人足ヲ勤ム…」とあり、多くの人々が割り当て人足を務めていたことが記されている。入澤啓治郎は後に二代紺周郎の門人となって養蚕に貢献した人である。能書家《のうしょか》で、本書に見られる養蚕伝習所開設願の規則文などは、この人が書写してくれたことによって現存しているのである。

## 七、蚕種のことと炭焼きのこと

慶応四年の晩秋に、紺周郎は弓太郎や熊治郎と組んで馬子路《まごじ》の奥に土竈《どがま》をついた。土竈は大型で黒炭《くろずみ》が一度に五十俵ほど焼けるが、竈つきにも、またその後の木詰《きづ》めや焼けた炭の俵詰《たわらづ》めにも手間がかかるので、三人がかりが都合が良かった。

弓太郎と熊治郎は、これまで紺周郎と同じに平付《ひらつき》の蚕種を一枚ずつ、島村の栗原甚五平から買っていたが、来年は気張って各々一枚半にしてみたいと言った。紺周郎の養蚕を見習って、以前より上繭《じようまゆ》を多く穫った弓太郎が熊治郎にすすめたのだった。

「火を燃せば、きっといいだ。きっとだ」

きっというのは、必ずという意味を強めた言い方であるが、弓太郎はこの言葉をよく使う。そして、弓太郎がこう言ったときは、たいていのことがそうなったのだった。それで熊治郎も来年は一枚半を飼う気になっていた。

ところが、懇意の糸繭商に手紙を托してそのことを知らせると、じきに返事が来て、一枚を一枚半にするには、畑の桑も目籠も二倍近く用意する必要がある。やる気はたいしたもんだが、来年は四半分ほど多くしてやってみて、その上で半枚増やすという心算《しんざん》でどうかというのが甚五平の意見だった。

蚕種一枚は半紙大の楮紙《こうぞし》二枚に百匹の蚕蛾《かいこが》をのせて出来たもので、蚕種の粒数はおよそ五万粒になる。四半分というと蚕蛾で二十五匹、蚕種の数ではおよそ一万三千粒になる。次の蚕種は各戸に四半分ずつだけ多く納めることでどうか。なお、蚕種と桑の苗木は、春彼岸の五日前までには届けるので木炭の方はよろしく頼むという返事だった。

紺周郎が、甚五平からの手紙の内容をそのまま二人に伝えると、弓太郎は少し不満げな表情をみせたが、紺周郎の家でも来年は四半分増《ま》しにすると言うと、じきに納得したのだった。

栗原甚五平は、良質の木炭を求めて四年ほど前に針山新田を訪れ、たまたま鬼子面《きしめん》の大豆畑で桑刈りをしていた紺周郎と会ったのが初対面だった。紺周郎より二つ三つ若かったが、蚕種の生産者であることから、紺周郎らの養蚕に対して忌憚《きたん》のない意見を言うのでいつの間にか親しさを増していたのだった。

島村は上州と武州《ぶしゅう》の境を流れる利根川の右岸にひらけた所で、信州や会津同様に蚕種生産の盛んな所である。また、栗原甚五平は、蚕種生産の方法についてこの人なりの考え方を持っていて、清涼育《せいりょういく》の過程にあっても冷涼な気温下の場合は必要に応じて炭火を利用して温暖にすることが必要という考えを持っていた。これは高山長五郎の考え方に近かったが、甚五平に言わせれば、長五郎は紺周郎流の長所を知ってから折衷育の良さに気づいたのだと言うのだった。

甚五平は暇《ひま》をみては上州北部を歩き、桑苗や蚕種を売り込むかたわら、良質の木炭を引き換えに求めて帰ったり、紺周郎らの取り組んでいる高冷地の養蚕の実態をつぶさに調べたりすることに努めていたのである。

## 八、初午のオシラ様迎え

明治二年の初午《はつうま》は、二月十六日だった。紺周郎一家は今年も、祖父母から教えられていた通りオシラ様迎えをした。ただし、去年の五月二日に作左衛門爺さまが亡くなっているので、家族はひとり少なくなっていた。

まず、暮れの内に伐《き》っておいた桑の枝を床柱《とこばしら》に結わえつけた。伐り口が一寸五分ほど、小枝ではあるがその広がりは一間《いっけん》に近い。いとと志ちが米粉《こめこ》で初午団子《はつうまだんご》を作る。どの団子も繭の形をしている。その団子を志ちが桑枝にさして飾る。数は例年十六と決まっている。村中どこの家でもこの数は決まっていて「十六めえだま」と呼ばれている。それから、一升枡《いっしょうます》に萱の枯れ葉を折って入れ、その上に繭玉をのせて神棚に供《そな》える。そして大人は胸の中で唱《とな》えるが、子供の場合は声に出して今年の豊繭《ほうけん》を祈る。

次に座敷の囲炉裏《いろり》で紺周郎が松の葉を燃す。囲炉裏に赤く焼けた熾《おき》をおいてその上に松葉のついた小枝を置くと、じきにすがすがしい香りの煙があがる。庭に面した障子戸をいっぱいに開けると煙は外へ外へと出て行く。

これも村のどこの家でも行われているならいであるが、こうすると蚕神《さんしん》のオシラ様が煙にのって降りて来て、今年も蚕を当ててくれると信じられてきたのであった。

「烟《けぶ》は庭へ出て行くが、オシラ様は烟《けぶ》に乗って降りて来て下さる、そうして蚕をうんと当ててくださるのじゃ」

人々はいつもこう言っていた。この日は隣村の川場村から春駒踊《はるこまおど》りの若者が何人か連れだってやって来る。そうして、庭に面した縁側《えんがわ》から座敷に上がって踊りをした。

団扇太鼓《うちわだいこ》をかざした人が、でんでんと音で拍子をとりながら歌うと、声に合わせて女柄《おんながら》の着物の人が踊った。踊る人は一人のことも二人のこともあった。

初めに「さぁさ乗り込めはねこめ、蚕飼《こが》いのさんきち」と歌った。乗り込めとかはね込めというのは、春駒の馬のことを意味していた。それから長い歌で踊ってから「お蚕繁盛《はんじょう》お祝い申す」と口上を述べて終わりにした。正式に終わりまで踊ると相当の長さになるので途中をはしょっているらしかった。

どの人も頬紅《ほおべに》をつけていたが、みんな男の人だった。針山の人々はこれを春駒踊りと呼び、お布施《ふせ》にする銭や餅などを用意して待っていた。

しかし、この人たちの来ない年もあった。千貫峠や背嶺峠の雪がことのほか多いので来ないらしいと聞いた事もあったが、若者達が戦争にひっぱられて来られないのだろうといううわさを耳にしたこともあった。春駒踊りをしてもらうと蚕が当たると言われていたので、見えない年には一抹《いちまつ》の淋《さび》しさが人々の心に残った。

## 九、天井板の張り替え

慶応から明治に年号が改まって初めての冬、紺周郎は炭焼きと蔟折《まぶしお》りで毎日を過ごしていた。これはいつもの年と変わらないが、あと一つは以前と大違いのことだった。それは、蚕は火をきらうという飼い方から、蚕は焚き火を使って良い繭を作るという飼い方に取り組んでみることだった。そして、出来ることはこの冬の内に準備を終え、島村の栗原甚五平が届けて来る、明治二年用の蚕種の掃き立てから　焚き火を多く利用した飼い方を実際にしてみるということだった。

その第一は母屋を焚き火飼いに合わせた造りにすることだった。まず火燃《ひも》し蚕《かいこ》にふさわしく、一階の焚き火で生じた煙と温度が二階へまんべんなくゆきわたるようにすることだった。

そのためには、二階にも囲炉裏を設ける、あるいは背戸側《せどがわ》の獅子《しし》ぶちの無双窓《むそうまど》を広くして板戸をまめに開け閉めをすることなどが考えられた。しかし、二階の囲炉裏は火災の心配があること、獅子ぶちは煙をこもらせるには役立つが、排気《はいき》には不便で、この二つには無理があった。

次に考えたのは天井板《てんじょういた》の張り替えだった。厚さ二分五厘のサワラ板を使って、母屋全体の天井板を張り替えることだった。それも、祖父母夫婦が建てたこの家の二階の床《ゆか》板《いた》を全部はぎ取っておよそ五厘のすき間を開けながら張っていくのだ。

「蚕に夢中になって、先祖の建てた家を粗末《そまつ》にしていると言われるかも知れねぇが……」

紺周郎は笑みをうかべながらそう言った。

ところが、このことを紺周郎が弓太郎と熊治郎に話すと、二人はにこりともせずに聞き入っていた。そして、紺周郎の話が一区切りすると、

「やるべえ。三人でやれば、掃き立てまでには間に合うべえむし」

とふたりが声をそろえるようにして言った。

板は古いものも使うことにした。蚕種を四半分《しはんぶん》増やす予定なので、馬屋の天井にも板張りをして飼育面積を広げることにした。馬屋は、どの家にも二頭分ずつあり、その部分の板の工面《くめん》も馬鹿にならず、無理をいさめる甚五平の意見には改めてうなずけるものがあった。馬屋の奥には、収穫した穀物を俵のまま積んでおくドジもあり、これらの面積も馬鹿にならなかった。

サワラにしろスギにしろ、伐ってから乾燥するまでねかせておき、それから木挽《こび》きに頼んで挽《ひ》いてもらう必要があった。

ところが、土出《つちいで》の伊閑町《いかんちょう》の奥に車沢《くるまざわ》という所があって、ここでは水車を動力にして

挽き板を売り出していることが分かった。三人はここへ馬をひいて出かけ、松板ではあったが三軒分を間に合わせることが出来た。去年の夏、沼田の兵部の山案内でジゴロをひいたガニ沢峠を今度も往復したが、峠はまだ春先のザラメ雪に覆われていた。

天井板の張り替えは骨のおれる仕事で、特に古い板を剥ぎ取った後の根太棒《ねだぼう》の修復などは若い弓太郎と熊治郎の出番だった。この二人は紺周郎の家の二階板の張り替えをするかたわら、いつのまにか自分の家の天井板も張り替えてしまっていた。

二階に上がってすき間から下をみると下の様子がわずかずつ眺められたが、階下から見上げては二階の様子はまったく分からなかった。

「蚕《こ》ぐそが飯わんにおちるかな」

と熊治郎が言った。

「飯わんの蚕ぐそは箸《はし》でつまんで出せるが、汁だとそうもいがねえな」

「まあ、お蚕様の腹から出たもんだから、毒でもなかっぺえ」

そんな冗談まじりの言葉を交わしながら、二階の床板《ゆかいた》を張り替えたのだった。

しかし、二階には通気性のよいみながわ筵《むしろ》を敷いたり、古くなったネコ（藁の厚織《あつお》りの敷物）を敷いたりすることで、実際にはその心配はなかった。

二階の床の張り替えで蚕座紙《さんざし》の乾燥《かんそう》がすすみ、目には見えないが乾燥をきらうコシャリのもとになる病源の減少が推察された。ただし、桑葉の萎《しお》れが速くなり給桑《きゅうそう》の回数を増やす必要はあった。

# 十、蚕葉飼室の思案

第二には、掃き立てに都合のいいコバガイの部屋を作ることだった。紺周郎といとは、蚕を掃き立てるには、女衆《おんなし》が種紙《たねがみ》を腋《わき》の下にはさんだり、背中に背負ったりして青ませるのでなく、炭火で高温にした部屋で一斉に青ませることが出来ないかと思った。

　そのためには、閉めきった高温の部屋に蚕種を同時に入れて青ませることが必要と考えた。人の体温で温められた蚕種は、青む時期がまちまちで、その都度衣類を脱いで毛《け》蚕《ご》を刻《きざ》み桑に掃き落とすというきわめて原初的な方法をとらなければならない。

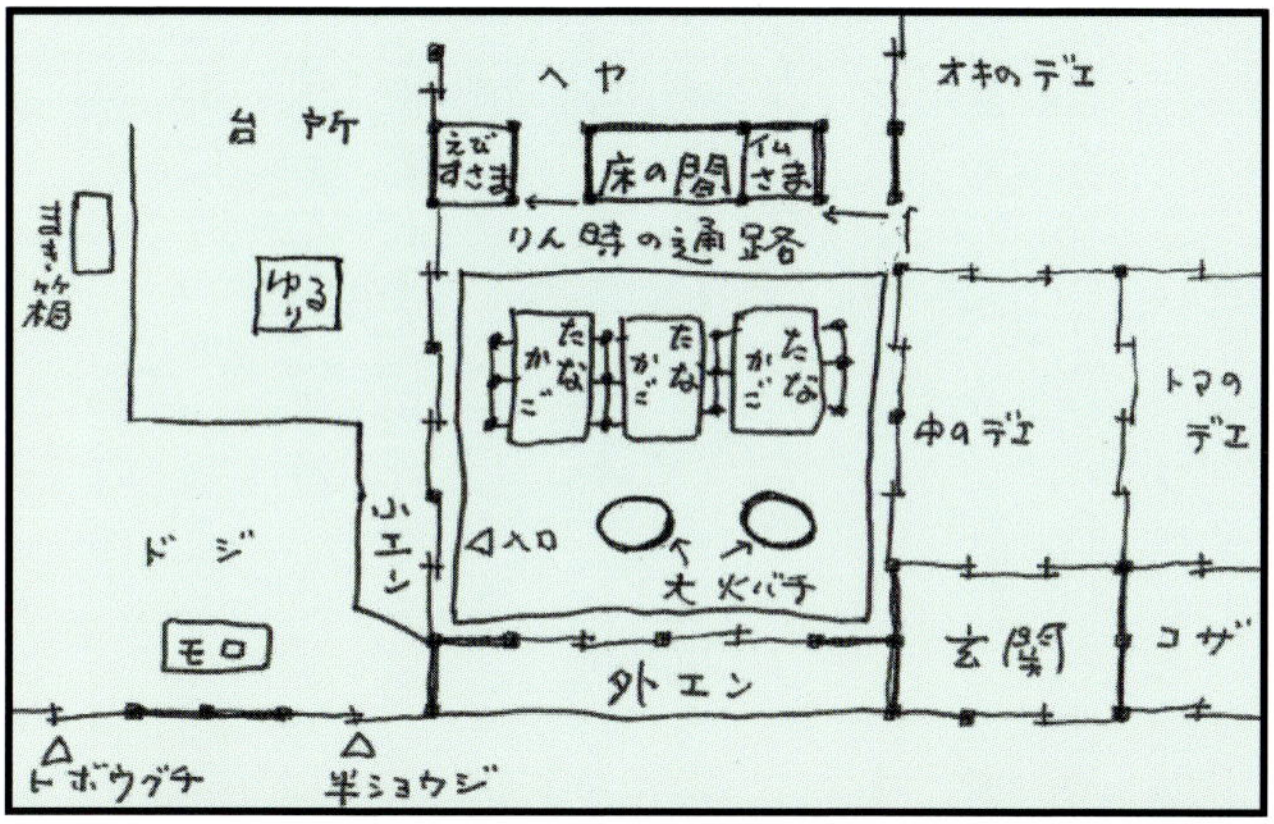


　紺周郎は座敷をコバガイ室として使った。蚕棚は三列で、それぞれ八段くらい。大火鉢を二つ、この絵には無いが折りたたみ式の桑くれ台もあった。フナの休み明けに解体した。
　蚕籠は幅が三尺、丈は六尺。籠の先端に和紙の短冊を下げて、空気の動きを見ていた。家族でも父の許しがなければ、入ることはできなかった。

紺周郎は試しに、炬燵《こたつ》やぐらの上に笊《ざる》を置き、その中に自家製の蚕種を置いて蒲団《ふとん》をかけてみたがうまくいかなかった。火力と湿度の調節が難しく、ほとんどの毛蚕《けご》が乾《かわ》いて糸屑のようになった。昔の人々が考えたと見られる人肌《ひとはだ》による催青《さいせい》と掃き立ては意外と理に叶《かな》っていることを紺周郎は理解した。

しかし、これからの養蚕は、温度と湿度を人工的に再現して、倍々と広がっていく飼育面積にも対応出来るような飼い方に改良していかなければならないと思っていた。

可能なこととしては、コバガイ用の部屋を別棟に造るのではなく母屋の座敷をコバガイ室にして、実験的に催青と掃き立て、及びフナ休みまでの飼育をしてみようと考えた。

まず暮れにしている煤掃《すすは》きをもう一度した。それから、座敷に二階の蚕棚《かいこだな》をおろして組み立てた。そして手作りの大形火鉢を持ち込んだ。

それから座敷の内部をよく燻《いぶ》した。蜘蛛《くも》などの毛蚕にとって天敵となる生き物を除《のぞ》くためだった。次に座敷を天井まで桐油紙《とうゆし》で囲った。神棚と仏壇の前に通路を設けて、台所から奥の出居《でい》へ行けるようにし、コバガイ室へは家族も勝手に出入りできないようにした。これで、コバガイ室は、別棟に建てた蚕室同様の存在になり、ここで催青と掃き立てが行われた。

## 十一、目籠のこと

笊《ざる》のような籠《かご》を被ると眼籠《めかご》になるという俗信《ぞくしん》があった。上州北部の年配者で知らない者はいないというくらいよく知られた俗信だった。眼籠というのは今でいう眼瞼炎《がんけんえん》のことでここでの話とは異なる。『広辞苑』では目籠を「物を盛る目の荒い竹籠《たけかご》」と説明している。

桑くれ台。稚蚕飼育と上蔟に使われた　（越本）

　養蚕道具の目籠は、普通たて六尺よこはば三尺の平籠《ひらかご》で、目の粗いことは共通している。蚕《かいこ》棚《だな》には籠を支える二本ずつの棒が必要でこれをコノメボウと呼んでいる。詳しく言えば目籠を支える棒の意である。また、コノメボウで目籠を支えている棚そのものを目棚《めだな》と言っている。

　次の文は初代紺周郎の門人星野喜藤治《きとうじ》が、明治三十五年の旧暦二月初午《はつうま》に「養蚕之沿革蚕病之原理　并《ならびに》直様《なおしよう》」と題して行った演説の一部である。

「…二階ハ能ク煤《すす》ヲ取リ掃除シテ蚕目モ掃除ヲシ先可成《まずなるべく》雑巾《ぞうきん》沾モ掛入念ニ掃除ヲ致シマシテ爐《ろ》ノ灰ヲ取リ麦藁也藁也ギッチリ詰メテ蓋ヲシテ蚕ノ目ノ下丈《だけ》ハ筵《むしろ》ナリネコナリキッチリ敷テ蚕目ヲ立ベシ…」、この部分は、掃き立て準備について話しているところで、「蚕目モ掃除ヲシ」は蚕籠も掃除をし、「蚕ノ目ノ下」は、蚕籠の下、「蚕目ヲ立ベシ」は蚕籠の目（穴）

を絶つ（塞ぐ）べしと読むのであろうか。
長野県の伊那地方では、「…やとひ《（雇い）》の頃になると、蚕の目棚は家中一ぱいになるから…」、「…掻くに従って家中が広くなり、目棚も取れて明るくなる…」の言葉が、明治十一年八月発行の『旅と伝説』中に見られる。「伊那地方の養蚕時のゆひの話」と題した岩崎清美氏の文である。条桑育《じょうそういく》から上蔟になると家の中が蚕棚でいっぱいになること、反対に繭《まゆ》掻《か》きが進むにつれて家の中が明るくなると述べている。話が横道にそれたのであるが、養蚕の言葉では目は蚕籠の平籠であること、上州、信州の共通の言葉だったのである。

さて、旧暦の二月八日が春分で、紺周郎と弓太郎と熊治郎は馬をひいて背嶺《せみね》峠《とうげ》を越えた。馬には自分たちの焼いた炭が六俵ずつ積まれていた。まず原町《はらまち》の鈴木燃料屋で炭を買ってもらった。次に中町の石沢商店で蚕座紙とみながわ筵《むしろ》を買った。蚕座紙もみながわ筵も、各自が飼う予定の春蚕の蚕種一枚と四半分に必要な数を買うことができた。

石沢商店の番頭は、そのような計算に長《た》けていて紺周郎らが自分たちの春蚕の飼育予定を言うとすぐにそろばんで必要枚数をはじき出し、若い衆に倉庫から表通りの馬繋《つな》ぎ場まで品物を運ばせていた。当時、沼田の本町通りは、中央に水路が流れていて、馬繋ぎ柱がどの店の前にも立っていた。

紺周郎らが中庭でお茶をもらっていると、いしざわと染め抜いた袢纏《はんてん》を着た兄貴株らしい若い衆が来て、
「目籠はどうしますか」

と丁寧な口調で言った。紺周郎が、

「蚕座紙とみながわ筵で馬の背中はちょうどで、二、三日後にはまた来るつもりだが」

と答えると、

「先ほど買ってもらった蚕座紙は江戸から、みながわ筵は越後から来るので品切れの心配はありませんが、目籠は注文順になっております。今日注文を頂いても、春蚕に間に合いますかどうか……」

という。

「岩室《いわむろ》にも久屋《くや》にも、竹林は随分ありそうだがなぁ」

と、弓太郎が冗談まじりに言うと、

「それが、この地域の竹林の多くは野田の醤油《しょうゆ》会社の樽作《たるづく》りのお得意になっておりまして、それに目籠を編める職人もこの頃は足りないような有り様で……」

「そんなに忙しいもんですか」

「はい、醤油樽のたが作りだけでなく、生糸貿易が盛んになったせいか、どこの家でも蚕を飼うようになりまして、そうするとどうしても目籠が逼迫《ひっぱく》して……、この本町通りでも表は商《あきな》い屋の看板を出しておりますが、奥に入るとたいていの家で蚕を飼っております……」

条桑飼い以前は大量に必要だった蚕籠
（針山）

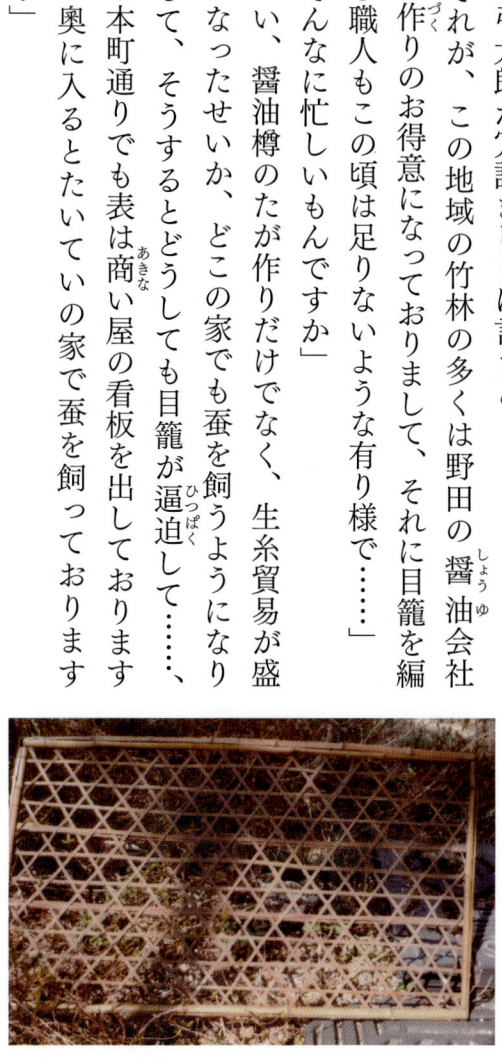

と言う。そんな話を交わしているうちに、沼田近辺《きんぺん》と花咲方面の掃き立て時期の違いについての話になった。番頭が、

「花咲辺りの桑の芽吹きはいつになりますかな」

と聞いた。弓太郎と熊治郎が紺周郎に顔を向けた。

「ええと、針山新田は五月二十五日の小満《しょうまん》あたりに桑の葉が開き始めるだが……」

紺周郎は二人の目の動きを確かめるようにしながら言葉を続けた。

「花咲と針山の芽吹きの違いは、鍛冶屋《かじや》、山崎《やまざき》あたりがいくらか早えと言えば早《はえ》えが、それから田植えをすませて、六月下旬の芒種《ぼうしゅ》あたりから掃き立てにかかるだな。目籠がうんと要るようになるのはフナ休み後に蚕を二階に出す頃からになるべえ。七月半ばの夏至《げし》辺りからかなぁ」

この紺周郎の話を聞いて石沢の番頭が思わず笑顔を見せた。そして、夏至までなら、この辺りでは春蚕の繭掻き仕事まで一区切りするので、余裕をもって間に合わせられると言った。それで、三人は、小暑《しょうしょ》の二日前七月十日に籠を受け取りに来ることを約して沼田の町を後にした。

三人は帰りしな、蚕種を半枚増やすには、それなりの用意がいると紺周郎に伝えてきたという栗原甚五平の言葉の重みを語り合いながら、蚕座紙とみながわ筵を積んだ馬と共に背嶺峠を戻って来た。

＊　　＊

慶応四年は戊辰戦争という国内紛争で海外貿易は伸びていなかったのではないかと見

るむきもあるが、横浜港の海外輸出総額で見ると、前年の九七一万ドルをはるかに凌《しの》いで、一七七〇万ドルに達していた。しかもその第一は生糸で約七割をしめていた。そして第二には蚕種でこれもほぼ二割に達していたのである。

　このような時代背景から、機械製糸による前橋藩営製糸所（後に大渡《おおわたり》製糸所と改称）が設立され、やがて明治五年には官営の富岡製糸場の稼働《かどう》となり、さらに県内各地に大小の製糸所が設立されていったのであった。

千貫峠麓の桑の古木　（栗生）

　しかも、これは規模の大きい所の話であって、県内には数え切れないほどの座繰《ざぐ》りによる小規模の製糸家も存在していたから、繭の必要量は底なしであったと言っても言い過ぎではなかった。

　明治二年は、紺周郎、弓太郎、熊治郎、そして、いとも志ちも養蚕の新しい試みに挑戦《ちょうせん》した最初の年だったと言える。以前は「田畑勝手作《かってさく》の禁止」と言って農民は勝手に田畑の作物を変えることさえ出来なかった。ところが、幕政の終焉《しゅうえん》により、そういうがんじがらめの制約から解放されたのである。

　しかし、上が決めてくれる暮らしから、自《みずか》らが決める暮らしに変わると、今度は自分たちの責任で決めなければならない、うまくいけば自分の得、失敗して家屋敷を手放すようなことになっても自分の責任という時代に変わったのである。なお次の数行は紺周郎の備忘録の一部である。

…母家ノ座敷ニ蚕棚ヲ組ミ立テ、目籠ニ筵ト楮紙《こうぞし》ヲ敷キ、上ニ種紙ヲ置キ、炭火ニテ強度ノ温《ぬく》サヲ保チ七日目ニシテ蚕種ノ催青《さいせい》成ル。

八日目早朝ヨリ毛蚕一斉ニ生ジ、発生水乾《はっせいすい》キテ、鷲羽《わしばね》ニテ刻ミ桑ノ上ニ掃キ下ロス。粟ノ糯糠《あわのもちぬか》ヲ散布、以後モヤヤ弱キ温モリヲ維持スル。コレニヨリ催青時期、掃キ立テ時期揃イ、獅子休《しじ》ミニ入《い》ル時期、明ケル時期、フナニ起キル時期モ揃ウ。ヨッテ全部二階ノ飼育ニ移ス。

フナ起キ以後、階下デ焚キ火ヲ行イ二階に烟《けむり》ヲ行キ渡ラセ飼育温度ハコバガイ室ヨリ下ガルモ、階下ノ焚キ火ニヨリ片肌脱イデ熱カラズ寒カラズノ温度ヲ維持《いじ》、上蔟後ハ焚キ火カラ木炭ニ変エ、温暖ヲ維持、風ヲモ維持。右ニヨリ、蚕病ハ前年ヨリ至ッテ少ナク、収繭《しゅうけん》ハ前年ヨリ増ス…。

## 十二、島村の甚五平

明治三年の春彼岸の中日は旧暦で二月二十日だった。甚五平からの送り状には、その十日前頃までには届けるとあったが、その通り旧暦の二月十日の昼前、二頭の馬に大形の荷鞍《にぐら》を結いつけて、蚕種箱と桑の木苗を満載《まんさい》してやって来た。

「倅《せがれ》が針山っちゅうとこへ行ってみてえと前からゆっていたで、桑苗の注文も受けてあったで一頭じゃぁ積み切れねえから、ちょうどいいっちゅうわけで連れて来もうした」

甚五平がそう言うと、島村蚕種《しまむらさんしゅ》と染め抜いた真新しい法被《はっぴ》の若者が、頬《ほお》を赤らめながらおじぎをした。

志ちが、島村から荷が来たことを弓太郎《ゆみたろう》と熊治郎の家に知らせると、二人が家族までぞろぞろと連れて来たので、紺周郎の家の庭が人だかりになった。

弓太郎と熊治郎は四年前からのなじみだが、ほかの者は初顔合わせだった。ただ、家族の多くは島村の甚五平の名は聞いていたので、甚五平という人はどんな人か、だれもが会ってみたかったことは確かだった。

「蚕種のほうはヒイロ二十五匹分ずつ増えただけだから、去年と同じように、桑っ葉が開くまででえじに、でえじに、たのみますわい…」

と言ったあと、甚五平の話は桑のことに移った。甚五平の倅《せがれ》が荷をほどいて、まだ芽吹いていない一本の桑苗を父親に渡した。

「一束が十本ずつ、一軒分が三っ束になっております。桑の植え方は、どこでもそう変わらないだんべが…、刈り方のほうは大違いだんべえ。わしらが方では根刈《ねが》りといって、畑土《はたつち》の近くで刈る。ところが、沼田あたりじゃぁ中刈《ちゅうが》りと言って大人の腰ぐれえに伸びたところで刈る。だからそのあたりが拳骨《げんこつ》のようになる。そうして、この針山では、みんながよく知ってるように、でっかくのびて枝を出して、そのまた枝の先で刈る。一律にはゆえないが、島村じゃぁ三年、沼田あたりじゃぁ五年、この針山あたりじゃぁ植えて八年から十年はかかって、いい桑が穫《と》れるようになるだんべえ」

みんなが、しきりにほっくりをしながら聞いている。

「ドドメのなる木もあるかなぁ」

という子供の声もあって、かるい笑い声なども聞かれた。

その話の間に志ちが麦茶をいれてみんなにふるまっていた。

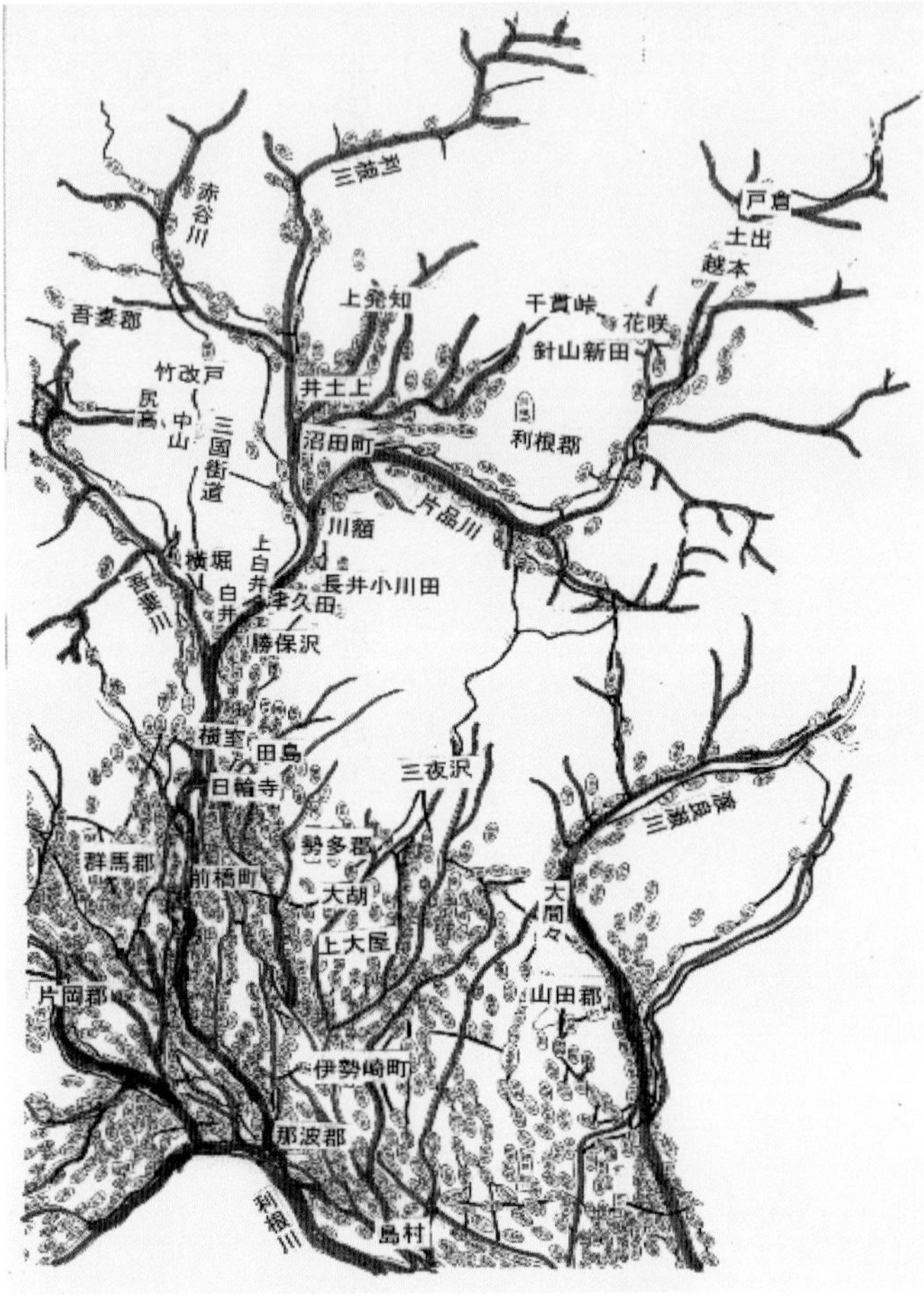

栗原甚五平等が多く利用したと思われる
根利の峠越えや赤城様の三夜沢路

甚五平は話をつづけた。

「見渡したところ、この村の畑にはまだだいぶ雪が残っておりますが。苗を届けるのが早すぎたかなっちゅう気もするだが、実はこのまんま島村におけばじきに芽がでてしもう。だから、このことは勘弁《かんべん》してもれえてえだ。まあ、皆様の家の背戸《せど》の日陰には雪の山があるようでがんすから、その雪の近くにでも置いてくだされ。そうして遅霜《おそじも》の心配がなくなる頃に植えてくだされ。なお、蚕種も桑苗も、今年の繭のお代《だい》が入ってからでようがんすから…、その頃またおじゃまいたします」

そこまでで甚五平は話を終わりにした。

紺周郎らは、甚五平が来るのを二月下旬の二の午《にのうま》あたりとふんで（予想して）いたので、山の炭小屋からの炭俵《すみだわら》出しの仕事が残っていた。それで、甚五平親子が台所でいとと志ちを相手に話している間も雪橇《ゆきぞり》を使って炭俵を山からおろす仕事をしていた。

甚五平親子が針山についたのは昼過ぎの三時頃だったから、途中で弁当休みくらいはしたにしても、日の出前に島村を出て、ほとんど歩き通しで針山まで来たことが察せられた。いとが志ちに手伝わせて囲炉裏に焙烙《ほうろく》をさげて、手早く小麦粉でたらし焼きをこしらえて、イグサ味噌をつけて二人に出していた。

「紺周さんに世話になってから、はあ四年になるが、ここの一月末の畑はいつも雪でがんすなぁ」

「あい、それでも、今年は正月十五日が初午《はつうま》で、その頃から雪はめっきり減ってるだよ」

「去年は戊辰の戦で、大変でがんしたなぁ。今年はいい年にしてえもんでがんすな」

「あい、去年の夏は、人足、人足で日が経って、はって（はざ）の麦なんずが芽を出すさわぎで…、でも一つだけ、…おかしなことと言えば、おかしなことが…」

「そりゃあどんなことで…」

その先を志ちが引き取って言った。

「甚五平のおじさん、それでさぁ、兵部のてえ（人達）が泊まってうんと火を燃したせいかさぁ、よくは分かんないけど、コシャリもタガオコもスキ蚕もいっこも（全く、全然）出なかっただよ」

「へえ…、そりゃあ初耳だぁ。嬉しかったんべぇ」

「あい、志ち、うんと嬉しかった」

「ほうかい、ほうかい、そりゃぁよかったなぁ。わしだって嬉しいよ。わしらが育てた蚕種だものぉなぁ」

庭では紺周郎と弓太郎と熊治郎が、甚五平の倅と一緒に二頭の馬の荷鞍に炭俵を結わえつけていた。

甚五平は庭に出ると炭俵の積み具合を確かめていたが、

「ほうかい、ほうかい。一匹もコシャリが出なかったかい」

と志ちに言ったのと同じ言葉をまだ呟《つぶや》いていた。

甚五平が針山に来たこの日が二月の十日になったのは、蚕種のほうはともかくとして、桑苗は早すぎると思われるであろうが、旧暦の二月十日は啓蟄《けいちつ》から五日後、春分の十日前にあたり、春に向かって使われる蚕種にとっても桑苗にとっても届く時期はけっして早すぎるものではなかったのである。

この旧暦（太陰暦）は明治五年十二月三日まで続き、その三日が明治六年一月一日とされた。欧米諸国との交流のうえでは太陽暦が適当というのでこの制定となったが、この物語はちょうどその変わり目の時期にあたるので、季節感のうえでは分かりづらい面もいなめないのである。

## 十三、ホトトギス

甚五平親子が針山に来た日からすでにひと月ほどたっていた。紺周郎は、山の芽吹きにちらほらコブシの花が交じると、妻のいとと加生分《かしゅうぶん》の稲田の田うないをした。裸足《はだし》では冷たいので素足《すあし》に草鞋《わらじ》をつけて刈り株の残っている田に入って、三本鍬《さんぼんぐわ》でうなった。

この田圃《たんぼ》は畦《あぜ》をへだてて沼田と会津若松をむすぶ街道沿いにある。主街道は高平、数坂峠《かっさかとうげ》、追貝、須賀川、越本、土出《つちいで》、戸倉へと続いているのであるが、この道はあくまでも裏道である。だから、去年紺周郎の家に泊まった兵部の通り道などと同じで、川荒れで橋が流されたり、戦の戦略上の都合で特別に必要な場合にかぎって使われるわき道にすぎない。

綱沢川《つなざわがわ》をへだてた与野布《よのぶ》の林で、ホトトギスがしきりに鳴き交わしていた。幼い頃の志ちはこの鳴き声を聞くと、ホトトギスの昔語りをいとにせがんだものだった。いとはホトトギスの話を追貝の吹割《ふきわれ》の滝の新緑の中で母から聞いたのだったが、紺周郎に嫁いでからは、花咲の加生分で与野布の新芽の林を眺めながら娘にそのホトトギスの語りをしていた。

でも、娘に成長した志ちは、すでに、母に昔語りをせがむ年ではなくなっていた。
いとは田うないの手を休めて、与野布の林を眺めた。今年も去年と同じように、ホトトギスがかん高く鳴き交わしていた。

……………。

すでに世を去った追貝の母の面影《おもかげ》が、
与野布の新緑の林に浮かんでは消えた。

……………。

昔々なぁ、ある所に男の子の兄弟があったとさぁ。
　おっ母《か》ぁは、下の子をわけなし（とても）可愛がってなぁ、
そいで、兄《あに》いのほうがなぁ、おっ母ぁがあんなに弟を可愛がるんじゃぁ、
おらが留守に、どんなにかうんめえもんを食わせているだっぺえ、と思ってなぁ、

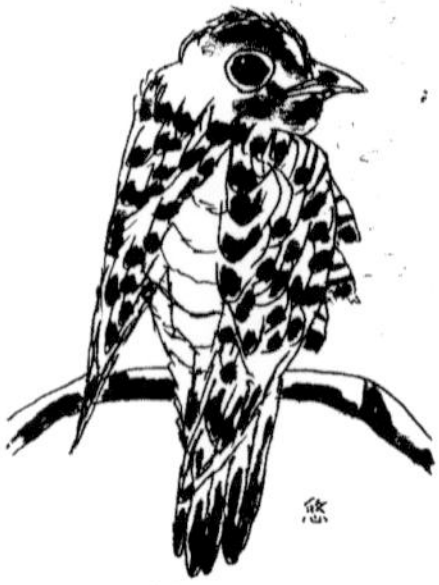

とうとう、弟ののどを切ってみただと。
そうしたら、弟ののどには、兄いの食ったのと同しもんしかなかったと。
そいでなぁ、
兄いは、おらがおろかだった、
すまなかったと後悔してなぁ、
ホトトギスに姿を変えて、

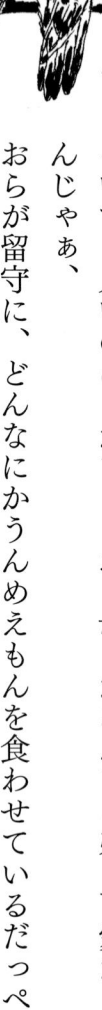

弟恋しや、ほちょつっきった、
弟恋しや、ほちょつっきった……と、
八百八声《はっぴゃくやこえ》鳴《な》きながら、ああして飛びあるいているだとさ。
だから、おっ母ぁが、
いっくら弟や妹を可愛がっても、
疑《うたぐ》っちゃぁなんねえだと。
…………。
いとさぁ、
輝《ひび》が切れたらなぁ、カラスウリがいいだぞぅ。
カラスウリがなぁ。
紺周さんとなぁ、幸せになるだぞぅ。
嫁ぐ日、
母は弁天島《べんてんじま》の見える崖の上まで追って来て、
見送ってくれたのだった。

## 十四、お父っつぁんへの手紙

この年の清明《せいめい》は三月五日だったが、その前日の昼餉《ひるげ》過ぎ、縁側でいとが座繰《ざぐ》りを使っていると、革鞍《かわぐら》の馬をひいた若者が庭に入ってきた。およそひと月前、父親の甚五平について蚕種と桑苗を届けに来てくれた島村の若者だった。やはり島村蚕種の袢纏《はんてん》を羽織《はお》っていた。若者は庭の馬繋《つな》ぎ柱に手綱《たづな》を結わえると、縁側のいとに向かって先日の礼を述べてから、永井紺周郎殿と表に墨書《すみが》きのある封書を懐から出した。

「あれまあ、お父っつぁんに手紙だかい、遠い所をご苦労だむし」

「はい、この手紙は波志江《はしえ》の深沢《ふかざわ》どんという戸長《こちょう》どんから、おらの親爺《おやじ》が預かったものです。紺周郎殿に読んでもらって返事を聞いてこいと言われました。返事は口頭でいいから、急いで戻るようにと……」

いとは、そうかえ、そうかえとうなずいてから、座敷の志ちに声をかけた。志ちは雛《ひな》人形を茶箱に入れて桃の節句の片付けをしていた。志ちは来客を察して障子の小穴から表を見ていたが、父親の甚五平とともに、志ちの焼いたお焼きを喜んでくれた若者だと気づくと胸の動悸《どうき》が鎮《しず》まらないでいるところだった。志ち、とまた母の声がして、雛様《ひなさま》餅《もち》でも焼けやいと聞こえた。

この日、紺周郎は須賀川の事務所へ定例の戸長《こちょう》呼び出しで出向いていた。それで若者の腹ごさえは志ちに任せて、この手紙をいとが読ませてもらうことにした。

概要《がいよう》は、近年蚕種のゆえか飼育のゆえか、養蚕の違作で困りはてている。病蚕治癒《びょうさんちゆ》の技術を紺周郎殿に出張願って伝授を頂き、この窮状の打開を図《はか》りたいのでぜひお出かけの栄を頂戴したい。宿泊と食事は金蔵寺《こんぞうじ》にお願いしてある。お礼は玄米を相当量さし上げられる見込みであること。なお、菖蒲《しょうぶ》の十七日、壬午《みずのえうま》からが当村の掃き立て予定になっていると述べられていて、最後に、ぜひぜひにと記されていた。そして、甚五平にこの依頼を託《たく》したらしい七人の名前が読まれた。

佐位郡波志江村《さいぐんはしえむら》深沢茂三郎、同郡波志江村字八坂組高橋友吉、同高橋新三郎、同小倉惣五郎、同小倉惣次郎、同阿久津平次郎、同阿久津竹次郎とあった。波志江村も字八坂組という所の名もいとにとってはまったく新しい村の名だった。

そして余白に、島村と針山新田の間を記した略図らしいものが描かれていた。いとは大間々往還《おおままおうかん》に続く追貝《おっかい》育ちなので、略図の文字がほぼ読めたが五目牛《ごめうし》だけはどう読むか分からなかった。遠慮がちに小さく書かれたぜひぜひにの文字を読んで、いとは夫の紺周郎がこの村へ行くに違いないと考えた。菖蒲の十七日とは五月のことで、針山新田の稲荷様の当たり日だった。

紺周郎といと、そして志ちとたきの家は針山部落の西寄りにあったので、日の出は早かったが日の暮れるのも早かった。志ちが雛様《ひなさま》餅を焼いて、島村の若者にすすめている間に西の山の影が庭を覆うように伸びていた。いとは夫の紺周郎が戻るまでこの若者を待たせるには無理があると思案した。それで、家の人には、必ず行くように言うからとお父っつぁんに伝えてほしい、それだけを言った。

若者は馬繋《うまつな》ぎ柱の手綱をほどいてから、馬の鼻面をなでた。これから行くぞという馬への相図らしかった。それから手綱をひいてケエドウを出て行った。いとと志ちは龍吐水小屋《りゅうどすいごや》の前に出て若者を見送った。若者は比丘尼石《びくにいし》の手前で鐙《あぶみ》に片足をかけるとひらりと乗った。若者を乗せた馬は、みるみるうちに遠ざかって、まだ花芽の固いスモモの枝の張り出ている辻を右にきれるとじきに見えなくなった。

戸長呼び出しから戻った紺周郎は、飼い葉と雑炊《ぞうすい》を馬にくれてから波志江からの手紙を読んだ。そして、

「ぜひ、ぜひに……か」

とつぶやいた。いとが想像したとおり、この言葉が紺周郎にはこたえたようだった。

「甚五平さんの若い衆に、必ず行くから、と言っておきました」

「そうか、行くとな」

紺周郎はそれしか言わなかった。

ただ、このことがあってから、紺周郎は独り言を声に出して言うようになった。人前で話すことの練習をしているらしかった。

波志江で掃き立てをするという壬午《みずのえうま》まで、あとひと月と少ししかなかったが、五月八日は芒種《ぼうしゅ》、島村の栗原甚五平の家に近いらしい波志江の桑は日一日と色を濃くしている様子が推察された。

甚五平が、ここからの帰りしな、波志江で懇意《こんい》にしている家に立ち寄ってここでのことを話したと推察された。病蚕《びょうさん》の治癒技術といっても薪を燃して屋内《おくない》に煙をゆきわたらせ、いぶくなったら換気をはかって風通しをまめにし、休眠の気配がしたら焼き糠《ぬか》を振りかけ、上蔟後も炭火で屋内を温《ぬ》っくくする、この程度のことしか分かってはいないのだ。

ただ、従来は、炬燵《こたつ》やぐらや腋《わき》の下で青ませて毛蚕になるにつれて順次刻み桑に掃き

下ろしていたのを明治二年にやめて、今年は炭火で温《ぬく》さを加減しながらやってみた。それから二階に上げて、次からは片肌脱いで汗ばむくらいの部屋で飼ってみた。

面倒かも知れないがやってみて良かったと思われるのは、天井板にすき間をあけて張り替えたことだった。笑われるかも知れないがお蚕のためには意外と良いのではないかと思っている。このようなことなら、話しても良いのだろうかと思われた。

「先様《さきさま》は、ずいぶん調べもし、工夫もし、思案の末の手紙かも知れないだむし。ここはひとつ、教えてもらいに行ってみるのも互いのためかもむし…」

めったなことで怒ったり威張ったりするような人でないことは分かっているが、夫の留守中に承知してしまったことだけに、いとにしても責任があった。龍吐水《りゅうどすい》小屋の横手で志ちと共に一刻《いっとき》ほど前に島村の若者を見送ったのだったが、その時の若者の笑顔が心に浮かんだ。ああ、こんな若者が志ちの婿に来てくれたら、そんな思いも心をよぎったのだった。婿の話をすると志ちが怒るのでいとは自分の胸の奥にしまっていたのだった。

というわけで、今更断るわけにもいかず、断るといっても通信の手段もなし、礼はもらわない、寝起きをさせてもらって食い物さえもらえればいい、それで逆に蚕病治癒《ちゆ》の方法が一つでも学べれば、こんなありがたいことはない。紺周郎はそんな気持ちで腹を決めると気が少し楽になった。それで、自らが頼みとしている岩下《いわした》の蚕稲荷《かいこいなり》の方角に向かって合掌してその意志を固めた。

そして、あしたから波志江で掃き立て仕事にかかるという五月十六日の明け方、東の空が白む前に、木炭六俵を積んだ馬をひいて村を後にした。あちこちの家で一番鶏《どり》が鳴いていた。

花咲街道から伊香原《いかはら》で会津街道に、大原からは穴原につながる大間々往還に入り、根利でコジヤ峠を越えて水沼の城下《しろおり》に下《くだ》った。

城下は銅《あかがね》街道《かいどう》で知られる渡良瀬川沿いの馬方の休みどころで、何十頭もの馬が街道側に尻をむけて飼い葉桶の中を貪《むさぼ》っていた。ここでは飼い葉と馬用の雑炊《ぞうすい》代をはらうと馬方にもけんちん汁一杯と茶がふるまわれていた。紺周郎は、昼餉にはいくらか早かったが、ここで志ちの握ったむすびで腹をみたした。

# 十五、孫六親方の唄

さらに宿廻《しゆくめぐり》、上神梅《かみかんばい》、下神梅《しもかんばい》と進んで大間々の町に入ると、道幅が広がって道の中央を小川が流れていた。ここでは城下《しろおり》以上に馬の多いのが目についた。六斎市《ろくさいいち》の町らしく周辺の村々から多様な産物が運ばれてきて繁盛している様子がうかがわれた。

大間々は利根の東入り地域と江戸を結ぶ町でもあり、会津街道で見なれた顔も少なくなかった。戸倉戦争のとき官軍の荷運びの割《わ》り当《あ》て仕事で一緒に橋架けの砂利さらいをした顔もあった。紺周郎が馬繋ぎ柱に手綱を結んで「めし屋」と染めぬいた食い物屋ののれんをくぐると、土出《つちいで》の馬方がひとりでうどんをすすっていた。戸倉からネズコ板を運んで根利に泊まり、さっきここに着いたばかりだと言った。

波志江への道程《みちのり》を尋ねると、その道はおれらの行く領分ではねえからと言い表へ行って馬方をひとり連れて来た。こめかみから顎《あご》にかけて白い髭《ひげ》の目立つ年配の人だった。その馬方のどんぶり（腹掛袋）には丸に西野《にしの》の二字が染められていて、すり切れた青麻《あおそ》のどんぶりの生地《きじ》が年期の古さを感じさせた。紺周郎はその馬方を親方と呼ぶことにした。

「親方、この手紙を見てもらいてえだが…」

そう言って、深沢茂三郎から届いた手紙を懐《ふところ》から出しかけると、

「だめだ、だめだ、わしゃぁ寺子屋へは行がずで字は読めねえ。それだけは勘弁してくれ」

と言う。紺周郎が困っていると、

「だけどなぁ、おめえの口で言ってくれれば、たいていのことは分かるよ」

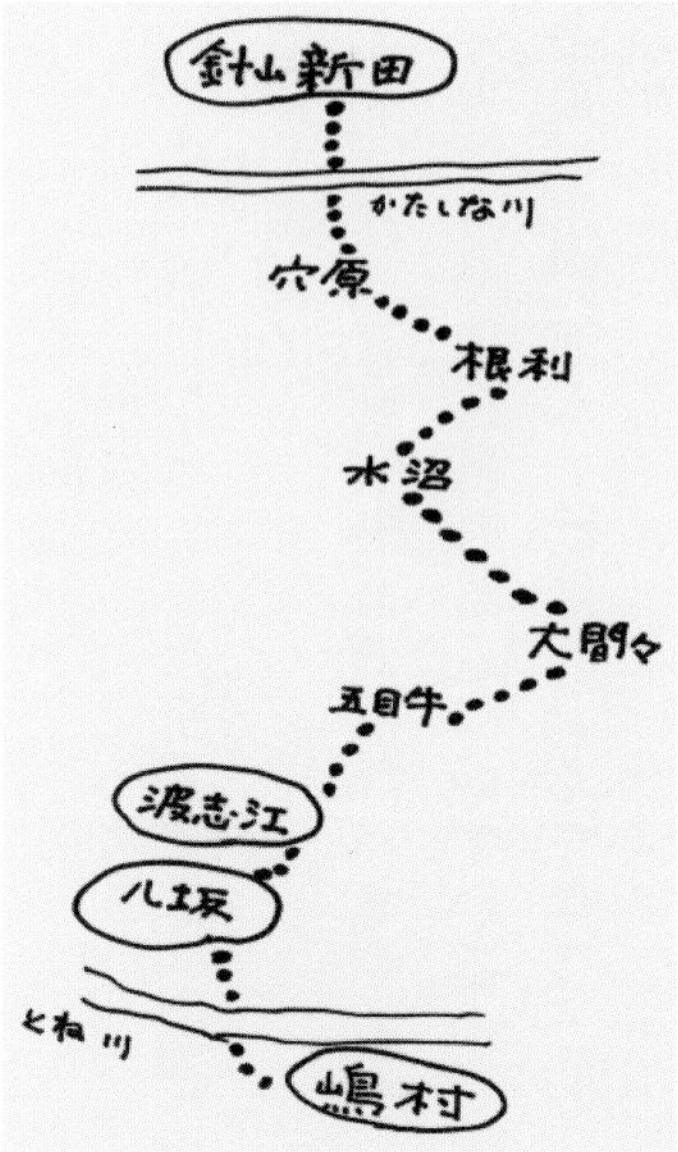


と言う。なんだ、そういう人はおらが村にも少なくないと気を取り直して金蔵寺《こんぞうじ》への道程《みちのり》をたずねた。

紺周郎は、波志江から届いた手紙の余白に描かれた図を見てもらった。

「なんだ、ぜひぜひにだと。このくらいは読める、ええと、まず、五目牛《ごめうし》で粕川《かすかわ》を渡るだいなぁ…」

とその年寄りの馬方が言った。それから、

「おい、若けえの、うどんでいい、いっぺえおごれ、そのかわり、五目牛まで行ってやる」

と言った。紺周郎が、

「この、五目牛っていう所まで、一緒に行ってもらえるだっぺえか」

と改めて聞くと、

「そうだ、五目牛橋までは行ってやるぞ。その先は手前《てめえ》で行ぐだぞ」

と言うので日暮れも近づいているので頼むことにした。ちょうど、こじゅはん時《どき》でもあり、紺周郎も一緒にうどんを食うことにした。

「仕事があるのじゃぁねえだっぺえか…」

と、もう一度尋ねると、

「ああ、いいんだ。きょうは、ちょうどおれの馬は空《あ》いてるからな、五目牛橋までだらちょうどいい」

と言う。

こうして、紺周郎はこの老人の馬方の後について大間々伊勢崎街道《おおままいせさきかいどう》を五目牛に向かった。老人は西野に家があって名は孫六だと言った。紺周郎も同じように名乗ると、

「そうか、随分遠くから来たもんだな」

と言い、それ以上は聞かなかった。新川《にっかわ》、香林《こうばやし》、市場《いちば》と進んだ。

老人の足は意外に速く、そのうえ、時々鼻唄を口ずさんでいた。紺周郎も聞いたことのある上州小唄がほとんどだったが、ここが赤城山麓《さんろく》だけに赤城山を歌ったものが多

かった。

……

赤城山から鬼がけつ出ぁして
鐘を転《ころ》がすような屁《へ》ぇをたれぇた
あぁ　シッチョイシッチョイシッチョイナ
シッチョイばけつが拾三銭《じゅうさんせん》

……

この唄は利根郡でもたいていの村で盆踊りに歌われ、石投げ踊りとか手拭い踊りのときに聞かれるものだ。八木節踊りの合間に歌われるもので、矢倉《やぐら》の周りで踊る人達が歌うものだ。踊り手は、この赤城山の鬼の唄を歌ってから、音頭取りゃどうしたい、死んだか生きたか去ったかね、と声をそろえて矢倉の上の音頭取りを野次《やじ》るのだ。上州ではほとんどの村で聞かれる唄である。

さて、紺周郎と孫六、それに二頭の馬は街道を夕日に向かって進み、左手に火の見櫓《やぐら》の立つ辻で右にきれた。人家がなくなって畑中を一丁ほど行くと河原に出た。

「これが粕川《かすかわ》だ。広《ひ》れえだんべ」

と老人が言った。川幅は二十間ほどだったが、旱続《ひでり》きのせいか流れの幅は三間《さんげん》ほどしかなく、その部分だけ土橋が架かっていた。

「昔はなぁ、あっちの土手からこっちの土手まで欄干《らんかん》の橋が架かっていたもんだ。だけどなぁ、いつのことだったたか、来る日も来る日も赤城山に大雨が降って、田も畑も橋もみんなつん流しちまって、せっかく架けた橋なんずもひとたまりもなかったっちゅうわけさ…」

　土手を斜《はす》に下って流れに架かった土橋を渡り、さらに次の土手を斜に上った。

「夕日の下を見ておくんなさい。左手に稲荷様《いなりさま》の森、右手に愛宕様《あたごさま》の森が見えるでがんしょう。この二つの森のあたりがみんな波志江《はしえ》でがんすな。それで、寺の名は何と言ったでがんしょう」

「たしか金蔵寺《こんぞうじ》と…」

「ああ、愛宕さまの隣でがんすよ。曲がり真っ直ぐの例えであっちに行きこっちに行きしますが、あの右手の森をためて行ぐこってすなぁ」

と言い、日が沈むと見当がつかなくなる。さあ、急いでおくんなさいと言う。紺周郎が、

「礼に、おらが炭でも…」

と言うと、

「いや、いらねえ。山木屋でうどんの大盛りを御馳走《ごっつぉう》になっておりやすから。じゃ、分からなくなったら、遠慮なさらず道々尋《たず》ねて行ぐこってすな」

　そう言うと、馬方の孫六老人は今来た土手道を流れに向かって下り、土橋を渡って行った。河原はまだ蘆《よし》の枯れ葉に覆《おお》われていた。からからさやさやと鳴る蘆の葉擦《はず》れの音にまじって、

　………

お前来るかと川下《かわしも》見ぃれば

河原柳の音ばかぁり
あぁ シッチョイシッチョイ シッチョイナ
シッチョイばけつが拾三銭…
…………

また、八木節踊りの間《あい》の手の唄が、かすかに聞こえていた。

## 十六、初めての講話

紺周郎は孫六老人に教えられた通り、夕日の下の稲荷様と愛宕様の二つの森を目指して進んだ。そして愛宕様の鳥居前に出たところで天道念佛供養塔《てんどうねんぶつくようとう》と刻まれている石碑の前から右にきれて金蔵寺《こんぞうじ》の門をくぐった。

紺周郎が、馬の手綱《たづな》を持ったまま本堂の大屋根を見上げていると寺男らしいいがぐり頭の若者が出て来て、

「茂三郎《しげさぶろう》どんのお客様ですか」

と声をかけてきて、庫裡《くり》に案内してくれた。庫裡には広い土間があって、框《かまち》をへだてて厩《うまや》が二つほど見えた。寺も農耕や和尚の檀家まわりなどに馬が必要で、これは紺周郎の村の住職《じゅうしょく》にしても同じだ。馬はここで寺の若者の手で

炭俵の荷をとかれて雑炊桶を宛《あて》がわれていた。

庫裡の囲炉裏のすぐそばに夕餉《ゆうげ》が一膳用意されていて、さっきの若者が、

「先ほどから、村の皆さんが、お待ちでございます。夕餉の後で本堂まで御案内申します」

と丁寧な口調で言った。ところが、その若者と入れ替わりに思わぬ顔が庫裡の障子戸の間から顔を見せた。島村《しまむら》の甚五平《じんごべい》だった。

「紺周さん、この度は済まないことを…」

と言って、甚五平が片膝をついて頭をさげた。それで紺周郎は、今度自分が波志江まで来ることになったのには、甚五平の思惑《おもわく》が働いていたことを改めて理解した。

金蔵寺《こんぞうじ》の本堂には、六十人ほどの男女の顔があった。女の人のほうがやや多めで、平坦地《へいたんち》の蚕仕事は主に女の仕事だと聞いていたので、紺周郎は合点《がてん》がいった。

初めに依頼書《いらいしょ》の筆頭《ひっとう》にあった深沢茂三郎から挨拶があった。村の申し合わせにより、掃き立て仕事があしたからなので夕餉前ではあるが集まってもらった。今夜は掃き立てのことだけ紺周郎殿の話をうかがい、あしたからは各戸《かっこ》を廻って実地の指導をお願いしたい。なお、日頃連携している八坂の皆さん、それから、上大屋、樋越《ひごし》、馬場ほか近くの皆さんも何人か見えているので宜しくお願いしたい。波志江の総戸長らしい深沢の挨拶は端的《たんてき》で、じきに紺周郎の講話に移った。

「針山新田《はりやましんでん》の永井紺周郎《ながいこんしゅうろう》でございます。村の人からは郎を取って紺周と呼ばれて居ります。家族は戊辰《ぼしん》戦争中に爺《じい》さまが亡くなり、今は四人で暮らして居ります。波志江は

見渡す限り麦畑で住みよい所とお見受けいたします。針山新田は武尊山《ほたかやま》の麓でございますが、粟《あわ》、稗《ひえ》、蕎麦《そば》などでハレの日でも米はめったに口に出来ません。大麦小麦は作ってはおりますが、雪の下の野ねずみ被害《ひがい》が多く収穫《しゅうかく》は多くありません」

ここまで話すと甚五平が紺周郎に向かってしきりに手を振っているのが分かった。手のひらを横に向けているので、話を進めろという意味にとれた。自己紹介よりもはやく本論《ほんろん》に入れということらしかった。

「はい、爺さまが亡くなったのが慶応四年の五月二日で、それから十日ほどして、沼田藩の兵部《ひょうぶ》二十五人がわしらが家に泊まりました。戦争で戸倉《とくら》へ行く途中でした。兵部が雨の中を来てさぶいさぶいと言って火を沢山燃しました。その時は養蚕の最中《さいちゅう》で、フナ休みから起きて四日目でございました。わしらが方では、蚕の居るうちは火を使うな、けぶを出しても温《ぬ》っくくしてもだめだと言われておりました。困ったことになったと心配いたしました。

ところがどうしたことか、一匹残らずじきにニワの休みに入って、ニワから起きても一頭のスキ蚕《ご》もなく上蔟《じょうぞく》になりました。それで、例年になく繭が多く穫《と》れたのでございます。

そうして、明くる年も同じように火を燃して飼ってみましたところ、やっぱり病気の蚕はほとんど出なかったのでございます。このことを蚕種《さんしゅ》と桑苗《くわなえ》を届けにきてくれた甚五平さんにわしらが娘のお志ちが話したのでございます。それで、この度《たび》の話になったものと思います」

出席者の顔が甚五平に向けられて、甚五平が、やぁと言いながら頭をかいた。それから周囲に向かってお辞儀をしてから言った。

「はい、紺周さんの娘さんに、お志ちさんというお子さんがおるのでがんす。そのお子さんがわしに、おととしと去年はコシャリが出なくて嬉《うれ》しかったと話してくれたのでがんす。なんとも言えねえ嬉しげな顔でがんした。

紺周さんの家では、蚕病《さんびょう》のお蚕様《こさま》は土蔵《どぞう》の下根《したね》の梨《なし》の木の根元《ねもと》に埋めているということでがんすが、その埋める役はお志ちさんの仕事になっているのだそうでがんす。ですから、どんなにか嬉しかったことでがんしょう。

ところが、紺周さんは、火を燃したのがほんとうに良かったのか、まあだ納得《なっとく》出来ねえで、二年目の春蚕には近所の人にも頼んで、何軒かで同じに焚き火利用の飼い方をしてみたということでがんす。そうしたところ、やっぱりお蚕の病気がめっきり少なくって、繭の増産《ぞうさん》になったということでがんす。

それで、わしは、紺周さんをわずらわせて、波志江まで、いや、繭が不作で困っている所なら何処《どこ》にでもご苦労してもらって、この飼い方を話してもらいてえと思ったのでがんす。わしら島村《しまむら》のてえがこせえた蚕種《さんしゅ》がだんべ、一粒残らず繭を作ってくれれば、こんな嬉しいことはねえだから。紺周さん、二年目にどうしたかも話してください」

ああ、そういうことだったのか、二年目のことも話せばいいんだなと思うと、話の続きが頭に浮かんで気が楽になった。紺周郎はこの集まりに甚五平が来ていてくれたことがありがたく、そして嬉しかった。それで、気をとりなおして、話を続けた。

「慶応四年の夏のことは、偶然《ぐうぜん》そうなっただけかも知れない、ということもあります。それで、明治二年になって、いま一度、飼い方を思案《しあん》しながらやってみました。思案というのは、焚き火、木炭など、火を多く利用した飼い方、言うなれば温暖《おんだん》の思案でありま す。高冷地なので、この飼い方がふさわしいとしても、平坦地の波志江をはじめとしてここの地域に向いているかどうか、所《ところ》の違いがあると思うので断定《だんてい》はできません。皆さんの役に立つことが一つでも有ると良いですが……。

＊　　＊

兵部の泊まった年の暮れ、わしは炭焼きと蔟折《まぶしお》りをしました。わしらが方では萱蔟《かやまぶし》でございます。炭焼きは、上蔟後《じょうぞくご》は烟《けぶ》を出さずに屋内《おくない》温度を維持する必要があるので、それには木炭がいいようであります。

それから、思案の末、思案の末ったたってかかあのおいととわしで足りねえ頭をしぼってのことですが、天井《てんじょう》、二階からすれば床板《ゆかいた》ということになりますが、これをおよそ五《ご》厘《りん》のすき間を空けて張り替えたのでございます。

なぜ張り替えたかと申しますと、一階で火燃しをした烟《けぶ》と暖められた空気を二階にまんべんなく行きわたらせるためでございます。ひとり仕事では無理なので近所のてえ（皆さん）にええ（結い）で世話になりました。あとで分かったのですが、これは空気の流通のため湿気を防ぐうえで効果があったようでございます。蚕の病気を防ぐには、蚕裏《こうら》と蚕座紙、それに筵《むしろ》の湿気を取るのが一番のようでございます。

それでは、催青《さいせい》と掃き立ての話をいたします。明日が掃き立てと聞きましたので、皆さんの家の蚕種《さんしゅ》は、早くて十日前、遅くても三日前には種屋さんから届いているのではないかと思います。これをどう青ませ掃き下ろすか、二年前からの私の所の様子をお話し申します。

まず、焚き火や木炭を利用する温暖育には、コバガイ室がだいじでございます。特に針山新田のような高冷地にとってはなくてはならないものと思います。コバガイ室は催青と掃き立てからフナ休み明けまで世話をする所であります。

従いまして、この室にはフナ休みまでにお蚕を広げられるだけの目棚の枚数、それに桑くれ台一基及び大形火鉢が二つ入るだけの広さが必要になります。もし、それだけの広さがとれない場合は仕方がないのでタケ休みが明けたらお蚕を二階の目棚に移します。

昔であっても催青と稚蚕の飼育には高温が必要でありました。催青には人間の方がむっとするほどの室温が適当で、それにはどうしても目張りが欠かせません。昔は女衆《おんなし》が種紙を腋《わき》の下に入れたり、背中に背負ったりしていたのでありますが、ということは、催青にはそれだけの温度が必要だったということになります。とにかく、いったん高温の環境にして催青を始めたら目を離せません。そうして、毛蚕が発生したら鳥の羽根で刻《きざ》み桑の上に掃き下ろします。これが掃き立てであります。

掃き立て後は片肌脱いで肌がじっとりと汗ばむくらいにし、これをフナ休みまで、この部屋で続けます。飼育面積がどんどん広がって、目籠が足りないほどになりますが、こうなればしめたものです。この一斉《いっせい》あるいはそろってということがお蚕仕事では大事なことでございます。ただし、薪をどんどん燃してよい、いわゆる火燃し蚕はフナ休み以後に二階へお蚕をあげてからで、コバガイ室ではいぶくてかないませんから木炭を使います。そんなわけで、炭火を使ってみたいというお方は、少しですが持ってきましたので利用してみてください」

ここまで話したところで、女衆《おんなし》が何人かで湯気の立つ茶碗を配り始めた。お互いに気心の知れた人達で、その上養蚕という共通の目的を持っている人たちだけに、自然と座がなごんだ。住職が、

「小栗上野介《おぐりこうずけのすけ》さんは気の毒なことをしましたなぁ。弁明《べんめい》ひとつ聞かれずに斬《き》られなすったとか。戸倉の方ではどうでしたかなぁ」

と言うので、紺周郎が今井弁助《いまいべんすけ》と伊東長三郎《いとうちょうざぶろう》のことを話していると、若い衆が二人、紺周郎の前に正座をした。そして、改まった顔で、波志江八坂組《やさかぐみ》の小倉惣次郎《おぐらそうじろう》、阿久津竹次郎《あくつたけじろう》とそれぞれが名乗った。

二人はかなり緊張している模様で唇をふるわせていた。住職が、

「どうしたのぉ。何か話でもあるかのぉ」

と頬《ほお》をくずして問いかけると、年長らしい惣次郎のほうが、竹次郎に目配《めくば》せしてから、実直《じっちょく》な口ぶりで言った。

「はい、今夜は、掃き立て部屋のことと天井板の張り替えの話をして頂いたので、すぐに家へ帰って、始めたいのでございます。みんなが、そういう気持ちで居るようであります」

と言う。一里を超えるほどの山道を来た者もいる。昨日今日《きのうきょう》届いたばかりの蚕種を青ませるために紙袋に入れて天井から吊り下げたり、長持ちの中に入れていたりしている者もいる。誰の家の蚕種も毛蚕になる最終段階で一刻《いっとき》の猶予《ゆうよ》もない。そのことが二人の若者の表情に表れていた。また、今夜聞いた紺周郎の話を、今すぐにでも実行に移してみなくてはならない、そういう感じも表情にうかがえた。

深沢総戸長《そうこちょう》と住職、それに副総戸長でもある八坂の高橋友吉の三人が顔を寄せて相談した。そして、深沢茂三郎が「今夜はこれでお開きにして、紺周郎殿には明日から、寺に近い所からぼつぼつ村を廻ってもらうことにするので、どんなことでも遠慮無く話を伺ってもらいたい、ご苦労でがんした」と言ってこの晩の話を終わりにした。村人達はたがいに会釈《えしゃく》を交わし、それから紺周郎と住職に向かって深々とお辞儀《じぎ》をしてから、本堂を後にした。

＊　＊

紺周郎は翌日、深沢茂三郎と高橋友吉、それに蚕種商の栗原甚五平らの案内で波志江と八坂組地域を廻った。多くの家がコバガイ室《しつ》を設けて火鉢も入れ、蚕種は催青《さいせい》の段階に入っていた。中には天井板の張り替えを始めている家も見られた。人々の笑顔には繭の増産への希望の表情があった。其《そ》の翌日、紺周郎は東の空が白《しら》む頃、住職の家族に見送られながら金蔵寺《こんぞうじ》を後にした。

# 十七、宇条田峠

小組合名簿
上州利根郡
平川《ひらがわ》村、千鳥新田、幡谷村、摺渕《するぶち》村、
下平村小組合〆五ヶ村
花咲村、針山新田、御座入《みざのり》村、菅沼《すがぬま》
村、須賀川村、簗地《ついじ》村小組合〆六
け村
東小川村、東田代村、越本村、土出《つちいで》
村、戸倉村小組合〆五ヶ村
追貝《おっかい》村、高戸谷《たかとや》村、大揚《おおよう》村、老神《おいがみ》村、
大原村、薗原村小組合〆六ヶ村
穴原《あなばら》村、日向南郷《ひかげなんごう》村、柿平村、小松
村小組合〆四ヶ村
【註】『片品村史』「組合村の成立と
意義」より引用

明治五年の旧暦正月十五日は、戸長呼び出しの当たり日だった。その日は昨夜からの吹き降りで、小正月《こしょうがつ》のお飾りに堆肥場《たいひば》に立てた粟穂稗穂《あわぼひえぼ》が埋まるほどに積もっていた。これでは馬は使えそうもないので、簑笠《みのかさ》、それに草鞋《わらじ》ばきの上に曲げ輪っぱをつけた。いとが心配して、

「花咲の戸長どんと相談して行ぐ行がねえは決めらっしゃい。こんた（こなた）だけ無理して行ぐこともなかっぺえものむし」

と言った。約束ごとは矢が降っても果たすというほどの紺周郎の性質を知っているだけに、そう言わなければいられないくらいの積雪だった。

紺周郎が生まれる前の話になるが、文

政十年に幕府《ばくふ》は組合村《くみあいむら》という制度をもうけた。村々の治安を徹底《てってい》させて、窮乏《きゅうぼう》しつつある諸民の暮らしを立て直すための施策《せさく》のひとつだった。そのためには、従来からの上意《じょうい》下達《かたつ》の一辺倒《いっぺんとう》でなく、庶民協働《しょみんきょうどう》によって治安、風俗の維持向上に当たらせることを方策としていた。

利根郡の東入り地域は二十六の小組合村《こくみあいむら》に分けられ、その小組合村はいくつかの大字《おおあざ》を合わせて五組に分けられた。

紺周郎の属する組合村は花咲村、針山新田、御座入村《みざのりむら》、菅沼村《すがぬまむら》、須賀川村、築地村《ついじむら》の六つの大字で組織されていた。最初は組合村の総代は便宜上《べんぎじょう》名主が務めていたが、明治の年号に入ると名主や組頭の経験者にかぎらず戸長の委嘱《いしょく》がなされるようになった。

当時の花咲の戸長は鍛冶屋の星野源治郎で、その人の家へ立ち寄ってから須賀川の事務所、つまり戸長役場へ行くようにというのがいとの考えだった。

ところが源治郎の家に寄ってみると、この吹き降りでは鍛冶屋の徒橋《かちばし》は無理だから高橋《たかばし》を行ってみる。紺周郎殿にはここから針山の自宅へ戻ってもらってはどうか、と言う伝言を残して先ほど出立《しゅったつ》いたしましたと家人《かじん》が言った。

紺周郎は急いで鍛冶屋の三本辻《さんぼんつじ》を北に向かい、さらに栃久保《とちくぼ》からの道と交わる踏分《ふみわ》けで右に折れて高橋に向かった。この橋は水面から高く、よほどの大水でも流される心配がないことからいつの間にか高橋と呼ばれるようになっていた。

紺周郎は源治郎の踏み跡を頼りに高橋を渡って、塗川《ぬりがわ》の左岸に入るとつづら折りの山道を息をあおがせながら上って行った。

源治郎は宇条田峠《おじゅうだとうげ》の頂上で、松の根方《ねかた》に腰をおろしていたが、紺周郎がてっぺんのちょっとした広場に出るとすぐに寄ってきて蓑笠に積もった雪をはらってくれた。そして、

「針山《はりやま》からじゃぁ、無理をして来なくも良かった。かかあにそう言って置いたのだが」

と言いながら、柔和《にゅうわ》な顔をほころばせた。

宇条田峠の北には、晴れていればうねうねと続く武尊山系《ほたかさんけい》が眺められるはずであったが、吹きすさぶ雪煙にかくれて麓《ふもと》に広がる大品《おおじな》の原さえよくは見えなかった。武尊山は本来の意味は粟穂稗穂《あわぼひえぼ》など植物に例《たと》えて穂が高いの意味から呼ばれたと、幼い頃に善福寺《ぜんぷくじ》の和尚殿《おしょうどの》から聞いていた。

振り返れば、東の高手《たかて》から日光白根山《にっこうしらねさん》が悠然《ゆうぜん》とこちらを見下ろしていた。武尊山を抜《ぬ》くこと数十丈《すうじゅうじょう》、上州では孤高の峰である。白根は文字のとおり雪を被《かぶ》った白嶺《しらね》であるが、この山の場合は、近世まで活火山だったので絶えず鳴動《めいどう》を繰り返し、溶岩を押し流し、人心《じんしん》を不安にしていたことから土地の人々からは荒山《あらやま》と呼ばれていたのであった。しかし、やがて山は静まり、豊かな山林と生き物など山の幸を恵んでくれる山となった。

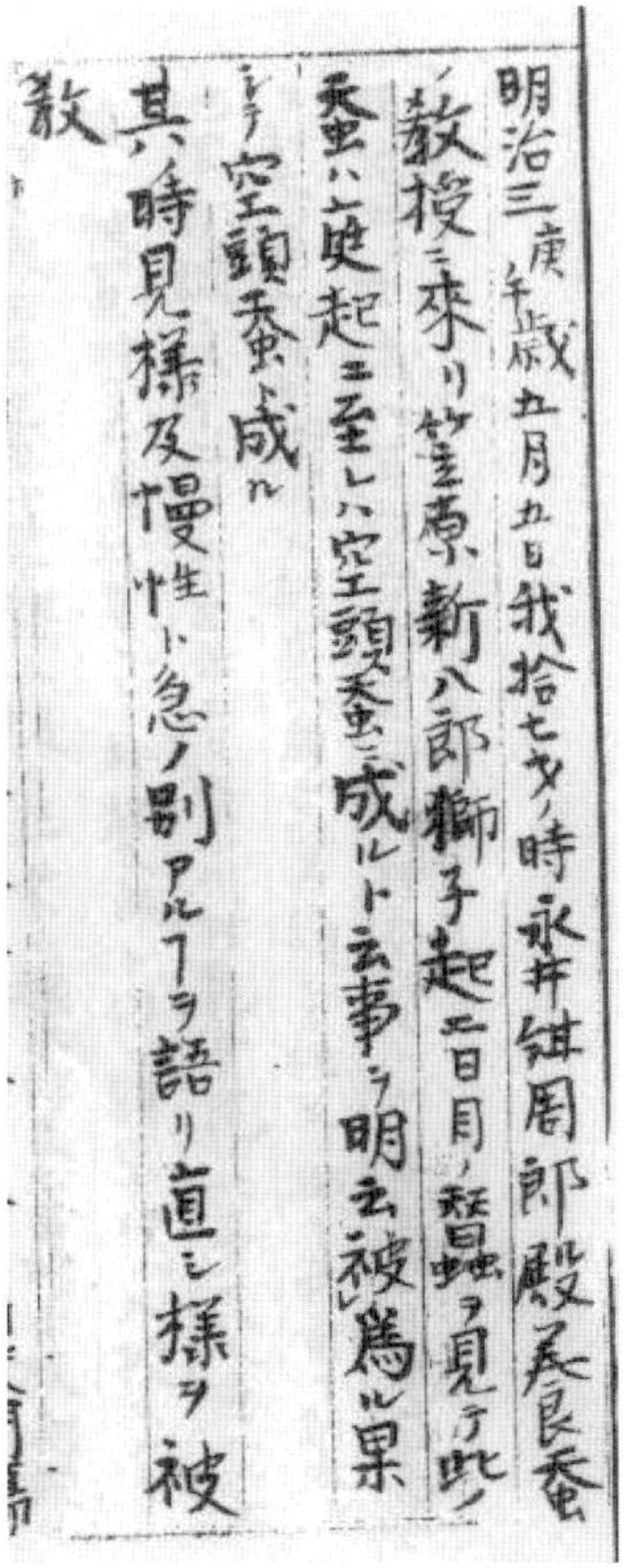
明治三庚午歳五月五日我拾七才ノ時永井紺周郎殿養蚕ノ教授ニ来リ笠原新八郎獅子起ニ日月ノ蚕蝕ヲ見テ此ノ蚕ハ庭起ニ至レハ空頭蚕ニ成ルト云事ヲ明云被爲ル果シテ空頭蚕ト成ル
其時見様及慢性ト急ノ別アルヿヲ語リ直ニ様ヲ被教

紺周郎が、松の梢《こずえ》の間から久しぶりに眺める白根山の雪化粧《ゆきげしょう》に見とれていると、

「さあて、下ろうかのう。紺周《こんしゅう》どん」

と源治郎の声がした。

源治郎の方が二歳上であるが、この頃源治郎はそう呼ぶようになった。どんというのは殿《との》に通じ、年上または何かを指導してくれる立場の人を相手にするときに使う。

これは、越本《こしもと》の細工屋《さいくや》に文書として残る話であるが、明治三年というと一昨年《おととし》のこと、戊辰《ぼしん》の役《えき》が治《おさ》まって二年しか経《た》っていないときのことであるが、紺周郎が用事があって越本の細工屋《さいくや》の笠原新八郎の家を訪れた。新八郎の家の蚕は獅子《しじ》起き二日目《ふつかめ》で、その蚕をみて紺周郎が、この蚕は庭起《にわお》きになれば空頭蚕《すきご》になると言ったという。そして果たして空頭蚕になったのだった。そのとき紺周郎は蚕体《さんたい》の見方や蚕病《さんびょう》の直し方についても教えたというのである。

このことは、今日でも知られる屋号《やごう》「かしや」の先祖で入澤啓治郎《いりさわけいじろう》が明治三年庚午歳《かのえうまどし》の五月五日のこととして文書に残しているのである。源治郎が「紺周どん」と呼んだのは、紺周郎に対する親しみと尊敬の念の両方が込められていたからにほかならなかった。

御座入河原《みざのりがわら》は霧《きり》が濃《こ》く漂《ただよ》っていて、今度は曲げ輪っぱをはずした紺周郎が先にたって土橋を渡った。去年の秋の大水で橋が流され、にわか造りのまま年を越した橋だった。十五間《けん》ほどの二本の大杉を六尺幅にはなして対岸に渡し、御座入と須賀川の人たちが長さ九尺に定められた楢《なら》、栗《くり》などの細木《ほそぎ》を五本ずつ持ち寄って横向きに並べ、その上にもつくれ（ざっそうの根）などをはりつけた橋だった。越本の細工屋橋《さいくやばし》、花咲の赤谷橋《あかやばし》、

摺渕《するぶち》に渡る立沢橋《たつざわばし》、そしてこの御座入橋《みざのりばし》など、古くからの村の約束ごとによって守られてきた、いわば命《いのち》の橋だったのである。

「おい、紺周が来たぞ。源治郎どんも一緒だ」

紺周郎と源治郎が戸長役場の庭に踏み込むと、外縁《そとえん》にいた築地《ついじ》の千明為蔵《ちぎらためぞう》が首をのばすようにして、座敷内に向かって言うのが聞こえた。この村では同年配か年下の者は呼び捨て、目上の人には敬称をつけて呼ぶのがならいになっている。為蔵は紺周郎と同い年だった。

それにしても、戸長役場《こちょうやくば》に来て、庭へ入ったとたんに大声で自分の名を呼ばれたのは初めてだった。いつものことであれば、大トボ（大戸）から入るとドジ（土間）に受け付け用の帳場机《ちょうばづくえ》があり、そこで受け付け担当にその日の出《しゅっ》仕《し》を確認してもらうので良かった。庭に入ったとたんに名前を呼ばれるとは不思議なことだった。

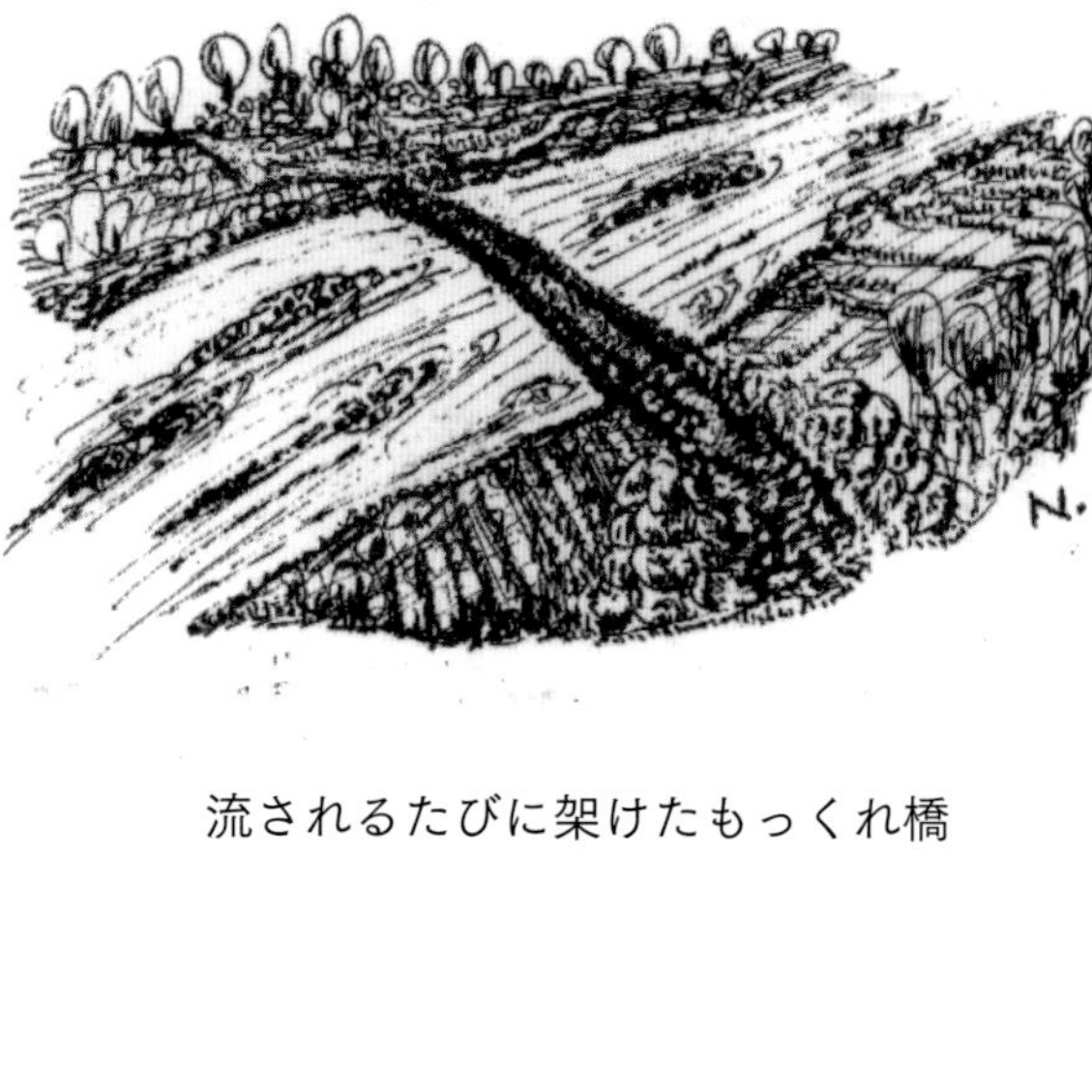
流されるたびに架けたもっくれ橋

戸長役場の中はいつになくごった返していた。それに床《とこ》の間の前に四斗樽《しとだる》が置かれていて、蓋《ふた》も開けられ新酒の香りもわずかにしていた。

「紺周、きょうはここだ、ここに座るだよ」

為蔵とは小組合村が一緒なので大字は別だが紺周郎にいつも親しくしてくれる。それにしても、床の間のすぐ前に座布団が三つ敷かれていて、その真ん中の座布団に座れと為蔵は言ったのだった。妻のいととご祝儀を挙げたときは上座《かみざ》に座らされたが、それ以外でこんな上座《かみざ》に座ったことは一度もなかった。第一、座布団《ざぶとん》に座るなどということがこの頃はめったにないことなのだ。

これはいったいどうなっているのか。樟脳《しょうのう》の香りのする紋付《もんつ》き羽織《ばおり》を着ている人も何人かいる。蓋《ふた》を抜かれた酒樽《さかだる》の香り、正月の出初《でぞ》めを祝う会という雰囲気《ふんいき》だった。やっぱり来て良かったのだ。そう思う一方で、それにしても自分の座るところが腑《ふ》に落ちなかった。

そうこうしているうちに、ハシゴダンを総代の星野伊三郎《ほしのいさぶろう》と沼田町に事務所を置く利根北勢多合同事務所長が下りてきて、紺周郎を挿《はさ》む形で座についた。所長は県庁から出向《しゅっこう》している人とかでこの人だけが洋服を着こなしていた。

この日は戸長会議の新年の出仕日《しゅっしび》であることから、日向南郷《ひなたなんごう》村や小松村の戸長まで出席していた。初めに総代の須賀川戸長、星野伊三郎から新年の挨拶があった。伊三郎が、

「慶応四年に戸倉では一戸《いっこ》を残して丸焼けになるなど、思わぬ難儀《なんぎ》をこうむったが、多方面からの物資《ぶっし》と浄財《じょうざい》あるいは労力奉仕によって回復事業も予想外の速さで進み何よりでございます」

と用意していた口上を述べ、ここで戸倉戸長の萩原権六《はぎわらごんろく》が立って居なりのまま四方に向かって頭を下げた。何か言葉を発したらしかったが、紺周郎の所までは聞こえなかっ

た。村々《むらむら》の様々《さまざま》な災害を防いで安穏《あんのん》な暮らしを守るのがこの組合村の存在意義だっただけに、権六を見守る人々の表情には温かいものがあった。

所長は、戸倉村の回復は全ての組合村の人々が自らの問題として立ち上がってくれたお陰であると述べた後でこんな話をした。

静岡《しずおか》の藩士《はんし》に中村正直《まさなお》という人がいる。その人は幕府の命でイギリスへ渡り、そこで何年かして帰るとき、『セルフ・ヘルプ』という名前の一冊の本を贈られた。正直は帰りの船の中でこの本を読んで翻訳《ほんやく》することを思い立ったという。中村正直によるその翻訳本は『西国立志編《さいごくりっしへん》』と題して昨年の秋に出版となった。元の作者はエス・スマイルズという人で、節倹《せっけん》、勤勉《きんべん》、向上心《こうじょうしん》を強調した内容になっていて、この頃は多くの若者に読まれている。その本の書き出しは『天は自《おのずか》らたすくる者をたすく』で、まさに当地の組合村の精神と一致していると所長は言った。

この後で話題を変え、横に座っている紺周郎《こんしゅうろう》に向かって軽く会釈《えしゃく》をしてから、

「生糸《きいと》生産のことでございますが、横浜港の輸出品目の第一位となり、蚕種も緑茶《りょくちゃ》をおさえまして二位を確保しております。このように、外貨獲得《がいかかくとく》の牽引力《けんいんりょく》となっていることは皆さん御承知の通りでありますが、これは、生産者である農家の皆さんのたゆみないご労苦の賜《たまもの》であります。

ところが、昨今に至って蚕種《さんしゅ》につく微粒子《びりゅうし》が蔓延《まんえん》の気配をみせ、わが国の蚕種生産が危機に直面しつつあるのも、これは疑いのない事実であります。したがいまして、蚕種の危機は、関連して繭生産にも影響してくるという懸念《けねん》が生じるわけでございます。

このような状況にかんがみまして、養蚕における画期的《かっきてき》な温暖飼育法《おんだんしいく》を自ら考案《こうあん》し、繭の品質向上と増産に貢献して居《お》られる針山新田の永井紺周郎殿に改良法の一層の伝播《でんぱ》を願い、県としてもそのご指導の提供を御願いすることとなり、今般委嘱状《こんぱんいしょくじょう》の発令となった次第でございます」

所長はここまで話してから、群馬県の初代県令である青山《あおやま》　貞《ただし》署名の蚕種検査及び養蚕見廻り役の委嘱《いしょく》辞令《じれい》を、そばに座っている紺周郎に自分もしゃがみながら渡した。

それからもういちど立って、

「このような訳で、紺周郎殿に、養蚕飼育改良法の益々の促進を御願いいたしましたので、当組合村の皆様におかれましても格段のご協力を頂きますようお願い申し上げます」

とつけ加えてから腰をおろした。

その後は祝宴《しゅくえん》になり、檜《ひのき》の一合枡《いちごうます》が配られ、御座入村戸長星野源六《ほしのげんろく》による乾杯の音頭で新年を祝った。参会者の多くが紺周郎の席に寄って、見廻り役の就任について祝いの言葉を述べたり、自分も針山の人に聞いてからコバガイ室を設けて催青と掃き立てをするようにしていること、天井にすき間をつくって煙を二階にゆきわたらせていることなどを語り合い、誰もがこの道の当事者だけに話題はつきなかった。

千明為蔵がたまに傍《そば》に来て、

「紺周、ひとが注《つ》いでくれるからって、みんな飲まなくていいんだ、宇条田《おじゅうだ》が越せなくなるど」

などと小声で言った。紺周郎が酒が強いほうでないことを知っていたからだった。それでも紺周郎は、今日の席は特別だからと思って〆《しめ》の挨拶までどうにかがんばっていた。

宇条田峠の雪道では、ときどき休みながら歩いた。

「天は自《おのずか》らたすくる者をたすくか、俺は気に入った。自らというのがいい」

源治郎もそんな独《ひと》り言《ごと》を言いながらあっちへよろよろ、こっちへよろよろ、それでも転びもせずに峠道《とうげみち》をのぼって行った。

この年、明治五年、紺周郎は四十三になり、桃の節句前に志ちに婿《むこ》を迎えた。土出《つちいで》村新井《むらあらい》、萩原太平の次男で名を文作《ぶんさく》と言った。志ちは十八で文作は二十歳《はたち》だった。

明治三年の菖蒲《しょうぶ》の節句に、紺周郎が越本の細工屋で笠原新八郎にスキ蚕の直し方を説いたことはすでに触れているが、そのとき紺周郎が北に向かって歩いて新井の宿《しゅく》で言葉を交わした若者が文作だった。コシャリの防ぎ方についてかなりしつっこく尋ねる若者で、志ちの婿にはまん向きだと紺周郎の心に残ったのだった。

いとは子種《こだね》が少なかったが、反対に志ちは多かった。明くる年から年子《としご》あるいは二年おきぐらいに丈夫な子をなした。それで、志ちの赤子がいとの膝《ひざ》の上で育っていた。志ちは夫の文作とともに田畑で働き、いとは、お婆ぁ、お婆ぁと呼ばれて家で煮焼《にや》きと子守をして過ごし、紺周郎は春彼岸《はるひがん》になると千貫峠を越えて平坦地の蚕の飼育指導に出かけた。

出先の宿は、紺周郎が廻って来る時期を思案して部屋を空けておく木賃宿もあったが、受講者が大勢で待っている場合は、あらかじめ宿を用意してくれている場合もあった。そういう場合でも紺周郎は礼を忘れることはなかった。それに、酒が弱いほうなので、深酒をして宿に迷惑をかけるということもなかった。

門人や門下生の家に泊まることもあったが、それは後年になってからのことで、当時は門人も門下生もなかったから、郡役所からもらった利根郡と北勢多郡の地図をたよりに行路《こうろ》をきめて、農家から農家へと回って行った。そして、家を出てから二月ほどたった小暑《しょうしょ》の十日過ぎには針山新田の自宅に帰った。針山の桑が育って、島村の甚五平の届けてくれた蚕種も紺周郎が戻るのを待っているのである。

以前は妻のいとと娘の志ちを助手にして掃き立て仕事から繭の出荷までの総ての養蚕の営みをしていたのであるが、文作が来てからは力仕事のほとんどは文作が済ませてくれた。痩身《そうしん》の長軀《ちょうく》ではあるが胃弱《いじゃく》気味《ぎみ》で咳風邪《せきかぜ》をひきこむとなかなか治らない紺周郎と違って、文作は中背《ちゅうぜい》の小太りで、病気とは縁遠いと言えるほどの健康な体つきをしていた。

「いい婿どんが来たげだい」

時候の挨拶のように、言われることが多い。祝いの気持ちも込められている。

「早とちりの大酒飲みだい。一升は飲ましても二升は出さねえように頼むだよ」

紺周郎は、てれ笑いをしながらよくこんな答え方をしている。聞く側も娘を取られた親父のせりふはこんなものだと知っているのである。

文作は、紺周郎が曽祖父の作左衛門から引き継いだしきたりを忠実に守る男だった。それで、針山新田の人にも花咲村の人にもよく馴染《なじ》んだ。土出《つちいで》はこうだ、新井《あらい》の家はこうだとは一切言わなかった。萩原家を去るときに、よくよく父母から言いふくめられてき

たのか。義母にあたるいとに、

「なんでも遠慮《えんりょ》なく言っとくれ」

と言われても、

「郷《ごう》に入っては、郷に従えっちゅうから、おらになんでも言ってくだいむし」

と答えて嬉しそうな笑顔を見せていた。文作のこの言葉を聞いて、そういえば自分も追貝《おっかい》の家を出るとき、父母から同じような言葉をかけられたのだったといとは思い出していた。そして、同じ宿命《しゅくめい》をたどっている婿《むこ》の文作が頼もしく感じられたのだった。

# 十八、県令の呼び出し

明治十年の晩秋、島村の栗原甚五平が、蚕種の配達がてら炭買いに来た。倅《せがれ》と二人だった。倅の名は盛二郎《せいじろう》と言い、針山新田の各戸《かっこ》ごとの蚕種の注文数を心得ていて、一人で村内を回って蚕種を届け、去年の納品分の集金もしていた。

片品村の須賀川に郵便役所が置かれて営業を始めたのは、四年前の三月からで、郵便はがきであれば全国一律に二銭で届くようになった。それで、蚕種の納品日や集金の連絡なども、あらかじめ手紙でできるようになっていた。

それで、父親の甚五平は、台所の囲炉裏端に上がって紺周郎と世間話をかわしていた。妻のいとも、下《しも》のほうの暮らしの様子を聞くのが好きで、こじゅはん（三時頃《ごろ》のおやつ）に垂らし焼きなどを囲炉裏火で焼いて甚五平にすすめながら、二人の会話に耳を傾けていた。下の方というのは、漠然としてはいるが沼田や渋川など平坦地のことである。ところが、この時の甚五平の話は国の動きにかかわる話で、うすうす聞いてはいたものの、やはり驚きを伴うものだった。幕府を倒す指導者だった鹿児島の西郷隆盛《さいごうたかもり》が、今度は新政府に向かって反乱を起こしたけれど、ついには切腹をして果てたというのである。

今年の二月十五日は九州でもめずらしい大雪で、その日、西郷は四、五万の挙兵組を引き連れて、抗議のために江戸に向かったという。ところが鎮台《ちんだい》のある熊本でくい止められてから、九州地方で激しい攻防を余儀《よぎ》なくされることになって、およそ半年後の九月二十四日に戦《いくさ》が終わったと言うのである。甚五平はこの話のあとで、

「この戦を、人呼んで、西南戦争と言ってるとか、会津戦争も戸倉戦争も、いいもんじゃなかったが、戦争ははあたくさんでがんすなぁ」

と言ってから、こんがりと狐色に焼けた垂らし焼きをちぎってはほおばっていた。

この西南戦争の話を聞いたのは明治十年の秋も深まった時期のことだった。その年も暮れて明治十一年の二月のことになるが、紺周郎がドジに古ネコ《ふるねこ》を敷いて蔟折《まぶしお》りをしていると一通の封書《ふうしよ》が届いた。発送者は県知事の楫取素彦《かとりもとひこ》で、日頃本県の養蚕業の発展に尽くしておられることに謝意《しやい》を表するという前置きに続いて、来たる四月二十三日、養蚕についての懇話会《こんわかい》をおこないたいので、遠路恐縮《えんろきようしゆく》に存ずるがご出席せられたしと記《しる》されていた。そして、貴殿のほかに三名の範囲《はんい》で同席者の同道を歓迎《かんげい》申し上げたい、但し車馬賃《しやばちん》県費負担と付記がされていた。

この当時、人々の多くは旧暦の暦《こよみ》にならって暮らしていたが、村役場や郡役所、県庁、学校など公《おおやけ》の所はすでに太陽暦《たいようれき》に切り替えていた。四月二十三日と言えば彼岸《ひがん》の中日《ちゅうにち》のひと月後ということになる。

須賀川で郡長から委嘱状《いしょくじょう》をわたされてからすでに足かけ六年が過ぎていた。おそらく、紺周郎と同じように委嘱を受けた者が各郡ごとに居ると思われる。その同じような立場の者が集まって、飼育や収繭《しゅうけん》の状況などを話し合う会であろうと紺周郎は思った。

他郡の養蚕の様子や見廻り役の仕事のことなどを知るにはよい機会だからと妻のいとも言うので、それでは行ってみるかという気になった。

通知をよこした楫取素彦《かとりもとひこ》という人は長州藩《ちょうしゅうはん》出身の元武家で、明治七年の七月から群馬県令になっていた。教育と養蚕に力を入れている知事だそうだと耳にしていたがそれ以上のことは分からなかった。

懇話会の開催日が四月二十三日というと、平坦地では掃き立て後の桑くれ時期にあたるので、同道の三人は山間地寄りから選ぶことにして、利根郡が高平《たかひら》村の小野作右衛門と上久屋《かみくや》村の勝見徳治郎、北勢多郡が川額《かわはけ》村の星野喜三郎の三人に頼むことにした。日輪寺《にちりんじ》村の木村松太郎や島村の栗原甚五平などは、前橋の会場へも近いし説明役にもまん向きだが、猫《ねこ》の手も借りたいほどの時期になると察《さっ》せられ、今回は利根と北勢多の者に限ることにした。

四月二十三日の予定をはがきにしたためて三人宛《あ》てに出してから日はまたたく間に過ぎた。四月二十三日の朝、一番鶏《どり》の鳴く前、暗々《くらぐら》に起きて家を発《た》った。千貫峠にはまだ一尺を超えるカッチキ（凍った雪）も残っていたが、けっこう仕事通いの人々の踏み跡もあって、苦もなく木賊《とくさ》に下《くだ》れた。高平の小野作右衛門、上久屋の勝見徳治郎の二人は朝餉《あさげ》を済ませて待っていた。二人の家では草鞋《わらじ》や朝餉を用意して待っていてくれたが、食い物も草鞋も喜三郎の所で世話になることにして休む間もなく川額に向かった。

　喜三郎の家でも新しい草鞋を用意してくれていた。喜三郎の家内《かない》が、「よかったら足《た》袋《び》も」と言って新しいのを出してくれたが、「これから長く歩くので足になじんでいるのがいい」と言って断った。「やっぱりおいとさんの足袋が一番だいな」、と作右衛門と徳治郎がひやかし気味に言って笑った。

　紺周郎が朝餉を食べている間、喜三郎の家内が、囲炉裏の灰に立てた火箸《ひばし》に紺周郎の足袋をかけてくれていた。その足袋から湯気がのぼっていた。

　川額を後にして、入原《にゆうばら》にかかる辺りに深く切れ込んだ沢があって土橋が架かっていた。その土橋の手前に彫《ほ》りの深い道祖神《どうそじん》が二基《にき》道行く人を眺めていた。道祖神の背後には山桜の古木があり、蕾《つぼみ》を大きくして、わずかではあるが尖端《せんたん》に薄桃色の赤みさえ見せはじめていた。針山の紺周郎の家のそばに立つ天王ザクラよりひと月

道行く人を見守る道祖神

は進んでいると思われた。

それから、激流が岩をかむ綾戸《あやど》の渓谷を右に眺めながら棚下《たなした》部落に入った。さらに、津《つ》久田《くだ》、敷島《しきしま》、宮田《みやだ》と進み、巳《み》の刻（午前十時）過ぎには樽河岸《たるがし》に着いた。

樽河岸は、利根川や吾妻川《あがつまがわ》を下ってくる笹流《ささなが》しの材木をいったん引き揚げて筏《いかだ》に組む所で、仕事衆の景気の良い叫び声が飛び交っていた。また野田の醤油《しょうゆ》会社が注文した樽《たる》材《ざい》用のたがになる竹もここで筏に組まれていた。

今朝のことであるが、喜三郎の家に四人の顔がそろったとき、勝見徳治郎が、樽河岸からは船を使うと意外と速いし楽だそうだと言った。四人ともお伊勢参りの経験もないしと冗談を言ってから、竹筏ならやめにして、平田の荷船《にぶね》があれば乗ってみるかと決めていた。四人分合わせて一両でいいと平田船《ひらたぶね》の船頭が言うので作右衛門が前金で払うとすぐに出してくれることになった。本繭一石が三十三円と五十銭が相場だったが、船便《ふなびん》のことは高いのか安いのか分からないというのが四人の気持ちだった。平田船は天竜《てんりゅう》川《がわ》の河口《かこう》を左に眺めながら川下を目指して流れに乗った。川幅が広がり、芽吹きの進んだ柳の木々が目立ってきた辺りで吾妻川が利根川に合流した。

それから渋川の半田《はんだ》河岸の積み降ろしでいったん乗り降りをしてから船は水かさの増した本流に入った。そして、漆原《うるしばら》の天狗岩《てんぐいわ》用水取り入れ口で石押さえの木組に上州平田の船べりをこすりつけるようにして左へ梶《かじ》を切ると流れが下り勾配《こうばい》に変わった。岸辺の左手に関根、荒牧、上小出と萱葺《かやぶ》き屋根の家々とその周囲に広がる麦畑を眺めながら流れに乗って下って行った。

そして、樽を出てから半刻《はんとき》（一時間）ほどで岩神《いわがみ》の河岸に着いた。紺周郎がこれは風流をさして（させての訛語《かご》）もらった礼でがんすがと言って小銭を船頭に渡した。実際、船頭の操る船に四人で一緒に乗るなどということは利根の山間部では考えられないことだった。木組みの船着き場に下りると指呼《しこ》の先に高さ二丈ほどに盛り上がった大岩が見えた。その石に二重《ふたえ》に注連縄《しめなわ》が巻かれて四垂《よた》れの御幣《ごへい》が下がっていた。岩神《いわがみ》の稲荷様《いなりさま》だった。稲荷様は養蚕の神様といわれているので、四人でお参りをしてお賽銭《さいせん》も進ぜた。それから、懇話会まではまだ一刻《いっとき》（二時間）ほど余裕があるので、門前の食い物屋のうどんで腹をみたした。

紺周郎が小用《しょうよう》を足して庭に出ると、徳治郎が、

「親父《おやじ》さん、人力車も乙《おつ》なもんで…」

と言った。紺周郎がうどんをすすりながら居眠りをしているのに三人は気がついていたようだった。岩神河岸は昔は番所《ばんしょ》のあった所で、橋向こうの対岸には大渡《おおわたり》の川関所《かわぜきしょ》もあり、今もって門前町《もんぜんまち》の様相《ようそう》を呈《てい》しているところだった。そのせいか人力車の往来も少なくない。四人はここから人力車で一里ほど離れた会場の龍海院《りゅうかいいん》まで行くことにした。若い徳治郎らにすれば、歩いても苦にならない距離ではあったが、右手に利根川を眺めながらの人力車の記憶は、めったに味わうことのできない思いになったのだった。

紺周郎にしてみれば、暗々《くらぐら》に針山新田を発《た》って、氷雪《ひょうせつ》の千貫峠を越えて来た自分を、気遣ってくれる三人の気持ちがありがたかったと、そのときのことを針山へ帰ってから妻のいとに話しているのである。

養蚕懇話会の会場は、紅雲町《こううんちょう》の龍海院《りゅうかいいん》だった。表通りに面した門柱に大珠山龍海院是字寺の文字が刻まれていた。群馬県の県庁は、最初高崎市通町《とおりまち》の安国寺《あんこくじ》におかれていた。しかし、最も適当とみられていた高崎城跡が兵部省《ひょうぶしょう》の管轄《かんかつ》になって使えず、県は事務所を分散して配置しながら公務を処理していた。県令として赴任《ふにん》してきた楫取素彦はこの煩雑《はんざつ》な状況を改善するため、利根川学校として使われていた旧前橋城址《じょうし》が県庁に適当と考えた。これが発端《ほったん》となって前橋と高崎の人々が県庁の誘致《ゆうち》運動で対立するようになった。ちょうどこの時期に今回の養蚕懇話会が企画されたため、龍海院の本堂が会場として使われることになったのだった。

　全県下から集まった養蚕関係の人々で本堂は埋め尽くされていた。紺周郎には椅子席《いすせき》が用意されていて、本尊《ほんぞん》のお釈迦様《しゃかさま》の座像《ざぞう》に手を合わせてからすすめられるまま席に着いた。紺周郎と並んで席に着いたのは二人で、後で分かったのだが、須弥壇《すみだん》寄りが三つ組の背広にネクタイを締めた髭面《ひげづら》の人で島村《しまむら》の田島弥平《たじまやへい》、次が艶《つや》のある頭髪《とうはつ》を七三に分けた若作りの人で、この人が緑野郡《みどののぐん》高山村の高山長五郎《たかやまちょうごろう》だった。

　田島弥平が文政《ぶんせい》五（一八二二）年、高山長五郎が天保《てんぽう》元（一八三〇）年、紺周郎が天保二（一八三一）年の生まれであることから年の順に座《す》わらされていることが分かった。まず県の担当職員から、今日の養蚕懇話会の主旨《しゅし》説明があった。

　この会の目的は、本県の養蚕業を盛んにすること、この一点にあり、そのために県内養蚕家の意思疎通《そつう》をはかることを目的として開催されたので、忌憚《きたん》のないご意見をお願いしたいとのことだったそれから講師という名目で、田島弥平と高山長五郎、それに紺周郎が紹介され、さらに駒場農学校の松永吾作《まつながごさく》教授も紹介された。松永教授は、近い将来西ヶ原《にしがはら》に農学部が新設される見通しで、その中に養蚕学科も含まれることになり、教科書編集の必要から群馬県をとっかかりに広く養蚕県を訪問しているとのことだった。この県の調査に入ってすでに一週間ほどたっているが、もうしばらく滞在するので協力をお願いしたいと担当の課長が言った。課長の話が終わると、顎《あご》のまわりに半白《はんぱく》の髭《ひげ》を生やした、頑強《がんきょう》な体つきの人が座ったままでおじぎをした。この人が松永教授だった。

楫取知事《かとりちじ》から改まった挨拶はなく、県職員の進行で本題に入った。最初が田島弥平氏の話で、大別《たいべつ》して養蚕と蚕種生産について近頃の動向《どうこう》が語られた。

「強温度《きょうおんど》の飼育法《しいくほう》はやませと呼ばれる夏に冷害の多い東北地方で普及《ふきゅう》し、本日出席しておられる永井紺周郎殿考案《こうあん》の温暖育《おんだんいく》は関東の北より、あるいは甲信《こうしん》地方に、私が明治五年に発表した清涼育《せいりょういく》は関東の中部以南から九州方面までの平坦地に広まっているのであります。

また、長五郎殿考案の清温育《せいおんいく》は、それぞれの飼育法の長所を生かした方法として、広範囲の地域で実際におこなわれておるわけであります。これらの方法は、背景となる気候風土《ふうど》に適応《てきおう》しながら改良がなされてきたことを示しておりまして、いずれの飼育法のみが絶対に勝《すぐ》れているというようなことではないのであります。

寒ければ火気により温度を上げ、暑いときは通風をはかって温度を下げてやることも、これはどの飼育法においても大切なことであります。しかし、蚕は本をただせば大自然からのさずかりもの、貴重な生き物でありますから、強温度飼育もしくは温暖飼育が過度になりますと、蚕体《さんたい》が弱まって、病気の発生をみることもあるのであります。これでは良質の繭を得ることも、増産を期待することも不可能となるわけであります。でありますから、風を多く入れて低温気味に飼いますと、たしかに養蚕期間は長くなるのでありますが、蚕体を健康に保つという面から考えますと非常に大切なことなのであります」

このような話をしたあとで、田島氏は、近頃自分の頭から離れないのは悪性の微粒子《びりゅうし》に汚染《おせん》されない優良蚕種の生産事業であると言った。それが、わが国の養蚕業を守ることであり、輸出《ゆしゅつ》においても世界をリードする日本の立場の維持《いじ》につながると言うのである。

紺周郎は、田島弥平氏の視野の広さに感じ入っていた。自分は蚕種検査と養蚕見廻り役の委嘱《いしょく》を受けて、主として北部地域で飼育法について説《と》いて歩いてはいるものの、蚕種の関係については、理解が深いとは言えなかった。形、大小、それに色つやなどを見る程度で、田島弥平氏の説く微粒子病については全く分かってはいなかったのである。

次が高山長五郎の番で、この人は思い出話から話を始めた。

「高山村の仕事をおおざっぱに申しますと、夏場は家族みんなで田畑の仕事、冬場は、男衆《おとこし》は薪炭生産《しんたんせいさん》、女衆《おんなし》は麻布織《あさぬの》りということになります。夏場の仕事にお蚕飼《かいこか》いが盛んになったのは、明治の年代に入ってからのようであります。

私は十八のとき、親から家計《かけい》をまかされて、春から秋にかけては田畑、冬は炭焼きと薪伐り、この繰り返しで過ごしてきました。ところが、薪炭生産の仕事も、一度林を伐れば二十年、三十年は伐れないわけであります。そんなこんなで月日《つきひ》は過ぎ、私は村内《むらうち》からかかあをもらって、子育てをしながら日をおくっておりました。

嘉永《かえい》七年にアメリカからペリーが来て、日米和親条約《にちべいわしんじょうやく》というのが結ばれました。その時わしは二十五歳になっていました。その頃風のうわさとでも言ってよいかと思いますが、蚕を飼って生糸《きいと》をとれば、外国にいい値で売れるようになるらしいという話が伝わってきました。それじゃあ蚕を本気になってやってみるかと言う人と、あてにゃあできめえと言う人もいましたが、わしは飼ってみるほうに決めました。

その当時の高山村の人が、お蚕《かいこ》を全然やっていなかったというわけではありません。寛文年代《かんぶんねんだい》というと百五十年以上も昔のことになりますが、信州は塩尻《しおじり》村の蚕種商が十石《じっこく》峠を越えて広めに来たという話も残されているくらいですから、細々とではありましたが自家用程度のお蚕は昔から絶えることなく続けられていたようであります。

ところが、生糸がいい値で売れるようになるらしいという伝聞《でんぶん》が広まると、田畑の隅《すみ》や林の陰に生えていた桑の木に、肥料をやったり、納屋の隅でほこりをかぶっていた座繰《ざぐ》りなどを縁側《えんがわ》に出して、使い方を村の古老《ころう》に尋《たず》ねたりするようになりました」

ここまでが、長五郎の話の前置きである。この人は当時の農村の様子をありのままに語っているのである。本堂の中は、水を打ったようにしずまって、人々は長五郎の話にじっと耳を傾けていた。楫取知事《かとりちじ》も時々うなずきながら聞き入っていた。

長五郎が初めて蚕を飼ったのは安政《あんせい》二年、二十六歳のときだった。桃の節句過ぎに、炭焼き仲間と連れだって藤岡の町に出かけた。そして、わずかずつではあったが、種紙《たねがみ》をもとめて帰って来た。種紙《たねがみ》一枚が一両もしたので近所の者と分け合い、長五郎も四半分を財布《さいふ》をはたいて買った。違作《いさく》にでもなれば元の木阿弥《もくあみ》、催青《さいせい》から掃き立てと、はらはらしながら飼った。父親の虎三《とらぞう》はすでに世を去っていた。それで、近所の年寄りの話をたよりにしながら飼った。

蚕は順調に育っていたがどうしたわけか、あと二、三日で上蔟《じょうぞく》というときに、ほとんどの蚕が白い粉でまぶしたようになって死んだ。オシャリだった。長五郎家《け》の場合、種紙四半分の蚕は繭にして一貫目にもならなかった。長五郎の家に限らず、多くの家の蚕にオシャリが多かった。原因は分からなかった。桑の食わせ方が足りなかったのだと言う人もいたが、反対に多すぎたのだと言う人もいて、何がなんだかはっきりしないうちに年を越した。

安政三年も、蚕は上蔟《じょうぞく》を間近にして、ほとんどが死んだ。時期といい、粉まぶしのような様子といい前とよく似ていた。安政四年の春は、町へ蚕種を買いに行く仲間が減った。せっかく植えた桑だけれど、今年は掘っこいで、苧畑《おばたけ》にするつもりらしいという話も聞かれた。

昔のことになるが、長五郎の祖父母も父母も、細々とではあるが蚕を飼っていた。収穫はわずかだったが、やめはしなかったらしい。畑がしらに桑の木が残されていて、納屋には萱蔟《かやまぶし》を折る道具も残されている。先祖もやめなかったんだから、あきらめないでもう少し続けてみるかと長五郎は思っていた。

その年、長五郎の弟の九蔵《きゅうぞう》が、埼玉の児玉の農家へ婿《むこ》に入った。木村姓《きむらせい》で古くからの農家だった。養蚕経験のある農家の若者が欲しいという話を、長五郎のかかあの実家で聞きつけてじきにまとまった縁《えん》だった。ご祝儀《しゅうぎ》が二月の五日で、長持ちひと棹《さお》を馬に付けて長五郎が送って行った。父親の虎三がすでに世を去っていたので、長五郎が親代わりだった。その年も長五郎の家の蚕ははずれた。やはりオシャリで、繭を作った蚕は半分にもいたらなかった。

ところが、九月盆《くがつぼん》になって九蔵が嫁をつれてきた。その晩は母がことのほか喜んで話に花が咲いた。その話の中で、九蔵に委《まか》された蚕の八割ほどがいい繭を作ったので親父《おやじ》さんがたまげたという話があった。親父さんは、やっぱり高山仕込《たかやまじこ》みだなあと言って感心したというのである。

長五郎が嫁の八重《やえ》に、「ほんとうかその話は」と言うと、八重は、「はい父がとっても喜んでいました」と答えた。長五郎が、「どうにすればそんなに当たるのだ」と聞くと、九蔵は、「蚕室《さんしつ》を小さめに囲《かこ》って、大形火鉢を置いてフナ起《お》きまで飼い、後は寒い日には　焚き火もして飼ってみた。あとは兄貴と同じだ」と答えた。

その翌日、長五郎は九蔵が帰ると、近所の炭焼き仲間にこのことを話した。だれもが躍り上がるようにして喜んだという。

長五郎は翌年、九蔵の話をもとにして飼ってみた。かならず当ててみせると思って種紙を半枚《はんまい》に増《ふ》やした。一枚が五万粒《ごまんりゅう》であるから、二万五千匹の蚕がいい繭を作ってくれると思うと心が躍ったという。しかし、その夢はむなしく破れた。そんなに甘いものではなかったと思い知らされたと言う。やはり、蚕の病気はオシャリがほとんどだった。

だが、あきらめなかった。炭焼き仲間や若者組をはげまして、蚕病とのたたかいの先頭に立ってきた手前、弱音ははけなかった。それに、九蔵という弟も心強い支えだった。

長五郎は、昔ながらの母屋の造りは養蚕には向かないのだろうと考えた。それで、冬の内に、夏になったら蚕室として使えるように別棟《べつむね》を建てた。そして、催青の時期が近づくと大掃除をしたり、部屋の中をいぶしたりして、蚕病のもとになる害虫やばい菌を除くようにした。また、換気《かんき》を良くするために、屋根には矢倉《やぐら》を付けた。

これらの対策の多くは、県内各地を見て歩いたことと、児玉の弟、九蔵の助言によるものだった。九蔵の家では蚕種を生産する仕事もぼつぼつ始めていて「温暖育一派《おんだんいくいっぱ》」という看板も掲《かか》げていた。

こうして、安政七年の夏になって、新しい母屋で世に言う折中育《せっちゅういく》、長五郎自ら名づけた清温育《せいおんいく》による蚕が、蚕病を克服《こくふく》して沢山の繭を作ったのだった。例年だと、上蔟間近になると多く見られるオシャリと、軟化病《なんかびょう》の蚕がほとんど出なかった。収繭《しゅうけん》の比率はおよそ八割を超えたのである。

長五郎の話はここまでで終わった。

*
*

次が紺周郎の番で、慶応四年の五月初旬の晩に西軍《せいぐん》の兵部《ひょうぶ》が来たことから話し始めた。

その時、主催者席の真ん中の楫取知事が顔をあげた。紺周郎の口から出た西軍の兵部という言葉が知事の気持ちをひいたのかも知れなかった。戊辰《ぼしん》戦争のとき、楫取知事は勤王総督軍に属して鳥羽伏見《とばふしみ》の戦いで功をあげた人と言われていた。世間の人々の多くは総督軍を官軍と呼んだが、佐幕《さばく》に好意を持つ人々は総督軍とも官軍とも言わず西軍と呼んだのだった。官軍の反対は賊軍《ぞくぐん》で、賊軍と呼ぶには会津《あいづ》の人達が気の毒だという思いが西軍と呼ばせたのだった。しかし、楫取知事はいつにかわらぬ表情で紺周郎の話に耳を傾けていた。

紺周郎の話は、田島弥平の説いている清涼育には言葉の上で対立するものがあり、東北地方で多く行われているという高温育もしくは強温育に通じるものがあるだけに養蚕家にとっては強い関心事のひとつだった。しかし、紺周郎の話をここで物語ることは以前からの繰り返しになるので、この先のことについては略すこととしたい。なお、紺周郎の話の後で、会場の出席者からいくつか質問や意見が出たが、これについても省くこととしたい。

会がとどこおりなく終わって、紺周郎が本堂の玄関で履いてきた草鞋をたしかめていると、県庁の係の人がきて、紺周郎殿に用事のある方が見えていますので、庫裡《くり》までお願いしますと言った。一緒に来た三人を伴って庫裡の鴨居《かもい》をくぐると、波志江の深沢茂三郎《ふかさわしげさぶろう》が、何人かの百姓仲間と一緒に待っていた。今日の懇話会の傍聴に来たのであろうと察せられた。どの顔も波志江で会った人達だった。懐かしい思いにひたりながらたがいに挨拶を交わした。茂三郎が改まった顔をして言った。

「実は、この前に教えてもらったことで、だいぶ好転にはなり申したが、どうしたわけか地域によってばらつきが出ているので、そこのところをもう一度見て教えてもらえないかと…、それでみんなと来てみ申した」

と言う。紺周郎が、

「この足で…」

と言うと、

「せっかくここまでお出でですので、大胡《おおご》まわりでお願いできないかと…。泊まりは上大屋《かみおおや》の山口藤吉《とうきち》宅を用意してもらってあります」

と茂三郎が答えた。宿まで決めて来たというところに思いの強さを感じた。

茂三郎の背後の何人かが小声で、お願いしますと繰り返して言った。金蔵寺《こんぞうじ》で、今夜のところは早く帰って明日の掃き立ての用意をしたいと言ったあの二人の若者だった。二晩泊まりでは無理かも知れない、いや三晩で帰れるかどうか…。紺周郎が振り返って作右衛門ら三人に目を向けると、うんと言うようにうなずき返してきた。それで紺周郎は大胡へ行くことに決めたのだった。

そのとき楫取知事が寺の中庭を眺めていた。そして何気なく背後から聞こえてくる紺周郎と深沢茂三郎らの話し声を耳にしていた。

楫取知事は振り返ると部屋の中に声をかけた。そして、

「紺周郎殿の養蚕飼育改良法、今後は永井流の名に於いて大いに広めて頂くようご期待致し申す」

とよく通る声で言った。

# 十九、千貫沼

龍海院《りゅうかいいん》の門前にも波志江で面識《めんしき》のあった若者が何人か待っていて、それぞれに挨拶を交わした。深沢茂三郎が、紺周郎殿が上大屋《かみおおや》へ行ってくれることになったと告げると、その若者たちの表情にも笑みが浮かんだ。

厩橋《うまやばし》で広瀬川を渡り、三俣《みつまた》、片貝《かたかい》、桂萱《かいがや》と進んだ。桃ノ木川に架かる天神橋を渡ったところで西林寺《さいりんじ》の鐘が夕《ゆう》の七ッ（午後四時）を撞《つ》いた。進むにつれて左右に麦畑が広がり、五町《ちょう》ほど歩いてから水車小屋の手前で右にきれた。

深沢茂三郎が、

「通りの向こうに見えるのが、亀泉《かめいずみ》の如意寺《にょいじ》の大屋根でがんす。そこで上大屋の衆が待っていてくれる予定でがんす」

と言った。右にきれて六地蔵の前から寺の門をくぐると、何人かが地蔵堂の庭で焚き火を囲んでいた。住職のそばで声高に話しながら　焚き火に手をかざしていた男が、紺周郎をみとめると石畳を近づいて来た。上大屋の山口藤吉《とうきち》だった。

地蔵堂　（亀泉の如意寺境内）

「いやぁ、波志江では御世話になり申した。あれから、多くの家《うち》で豊穣《ほうけん》になり申して、村の衆もわけなし（とても、大変）喜んどり申した。ところがどうしたわけか、前と変わらねえ家もございましてな。家《うち》もという言い方はどうかと思いますが、それが本当なのでございます。皆の衆と同じに飼って駄目なのでがんす。それが、一軒に限らず、何軒かだったのでがんす。そんな馬鹿な話があるかてえんで。それで、言うに事を欠いて、家に何かのばちがたかって（ついて）るんじゃぁないかなどと言う者も出る始末で。そんなわけで、波志江の深沢どんに相談しましたところ、ちょうど紺周郎殿が前橋に来るてんで、それでこの度《たび》のような仕儀《しぎ》になったわけでがんす」

紺周郎は、山口藤吉のこの話を聞いて、藤吉はくったくのない表情で話してはいるが、その違作《いさく》の農家にすれば、これほど深刻な問題はないはずだと推察した。

この日、山口藤吉と一緒に、亀泉の如意寺まで紺周郎ら四人を迎えに来たのは山口久太郎、山口松次郎、伊藤熊吉、伊藤作次郎らだった。金蔵寺の本堂で、あるいはその翌日、波志江地域の見廻りの時に面識のあった人々だった。

深沢茂三郎らは、

「波志江にもそういう家が何軒かあるので、人ごとではございません。近いうちに様子を教えてもらいに来ますから、その時は宜しく頼みます」

と口々に言いながら別れを告げ、寺の境内の石垣沿いに下って行った。

山口藤吉らは、紺周郎と供の三人のために馬を用意していた。時代が変わったので武家のような革鞍《かわぐら》を使う者もあったが、藤吉らの引いて来た馬は荷鞍をつけていた。農作業向きの鞍だった。勝見徳治郎らは乗馬を辞退して紺周郎だけが乗ることになった。紺周郎は、薪炭を背嶺《せみね》峠越えで沼田の炭屋へ届け、帰りはその荷鞍に乗って帰るのをならいにしているので、くたびれている足には荷鞍馬《にぐらうま》でもありがたかった。

如意寺の門を出て東に進むと、じきに台地に深く切れ込んでいる沢に出合った。

「寺沢川でがんす。荻窪《おぎくぼ》の上《かみ》の、めったに行くことのない山奥の沼が水源と聞いております。名前は寺沢沼《てらさわぬま》と称して、それでこの川は寺沢川と呼ばれているのでがんす」

と、馬の手綱《たづな》をとってくれている藤吉が言った。馬は沢底を流れる小川の土橋を渡ると、ふたたび見晴らしのきく台地に出た。

紺周郎は馬の背中から、赤城台地の家々とその風物をあきずに眺めていた。赤城山は乾《いぬい》の方角にいくつもの外輪山をつらねてうねうねと続いていた。また、目を南に転ずると、麦畑と桑畑が果てしなく広がり、その先は夕靄《ゆうもや》の中に溶け込んでいた。

さらに麦畑の畔道《あぜみち》を五町《ごちょう》ほど行くと大沼に行き当たった。藤吉が、

「堤沼《つつみぬま》と言うのでがんすが、おらが村の千貫沼《せんがんぬま》に次いででかい沼でがんすなぁ」

と言った。

藤吉がおらが村のと言えば、これから行く上大屋村のことである。この堤沼より大きい沼があるとすれば、針山新田の隣村の大品《おおじな》っ原《ぱら》がすっぽりおさまるほどの大きさかも知れないと紺周郎は思っていた。

堤沼を半周ほどして振り返ると、沼面《ぬまも》に夕焼け雲が映っていた。夕餉の魚でも釣るのであろうか、釣り糸を垂れている子供の姿も見られた。

進むにつれて次々と珍しい風景が展開する。紺周郎は沼が現れるごとに、藤吉に沼の名を尋《たず》ねた。左手に大日沼《だいにちぬま》、右手に漆出沼《うるしでぬま》、なだらかな丘陵《きゅうりょう》を上り下りするごとに新しい沼が紺周郎たちの前に現れるのだった。それで紺周郎は、桂萱《かいがや》と上大屋の間は沼の多い所だと理解した。それは、後ろを歩いてくる作右衛門、徳治郎、喜三郎らにしても同様の思いに違いなかった。

翌日は朝飼後早々、四人は藤吉の案内でこの地域を廻った。主として、違作だったという家を中心にして調べて歩いた。ほぼ一日がかりになった。北は新田塚沼《しんでんづかぬま》のある上泉《かみいずみ》、南へ下って谷地沼《やちぬま》のある江木《えぎ》、さらに東の荒砥川《あらとがわ》沿いの大小の沼など、上州言葉になぞらえれば足を棒のようにして歩いた。

その晩、四人は藤吉の家内の打ったおっきりこみで腹を満たしてから、今日の検分《けんぶん》の結果について話し合った。結論は意外に簡単だった。しかも四人の意見がほぼ一致していたのである。

赤城台地のうちでも、この地域は際だって沼の多い所である。水田開作と暮らしのための用水確保の上で欠くことの出来ないのがこれらの沼である。主な沼としては千貫沼、荒子沼《あらこ》、堤沼、谷地沼《やち》、新田塚沼《しんでんづか》、北原沼、大日沼《だいにち》、新田沼、江木新沼《えぎしん》、漆出沼《うるしで》などが挙げられる。

どの沼もそれぞれの村の共有で管理運営が行われている。千貫沼を例にとれば、水下《みずしも》七ヶ村に水利権があり、全体の運営は上大屋村が取り仕切っている。七ヶ村とは、新井村六町一反、泉沢村六町一反、荒子村二十一町七反、下大屋村六町、西大室村四町七反、飯土井村《いいどいむら》十五町三反、二之宮村五十二町、合わせて百十壱町九反に上《のぼ》る。

これらの村の家々の場合も、千貫沼付近の家と同様に養蚕の違作が見られたというのが藤吉の話だった。

この村が数年に及んで養蚕の違作に悩まされているという、その原因について、紺周郎は供の三人に尋ねた。自分の考えは後回しにして、三人の考えを聞いたのだった。初めに年長の作右衛門が、

「違作で困ったという家では、掃き立てから繭かきまでに四十日から四十五日もかかっている。わしらがとこでは、紺周流だと遅くも三十七、八日、早い家では三十三、四日で終わる。長くかかるから病気も出る」

と言った。

「長くかかるというのは、何によるかだ」

と徳治郎が切り返した。

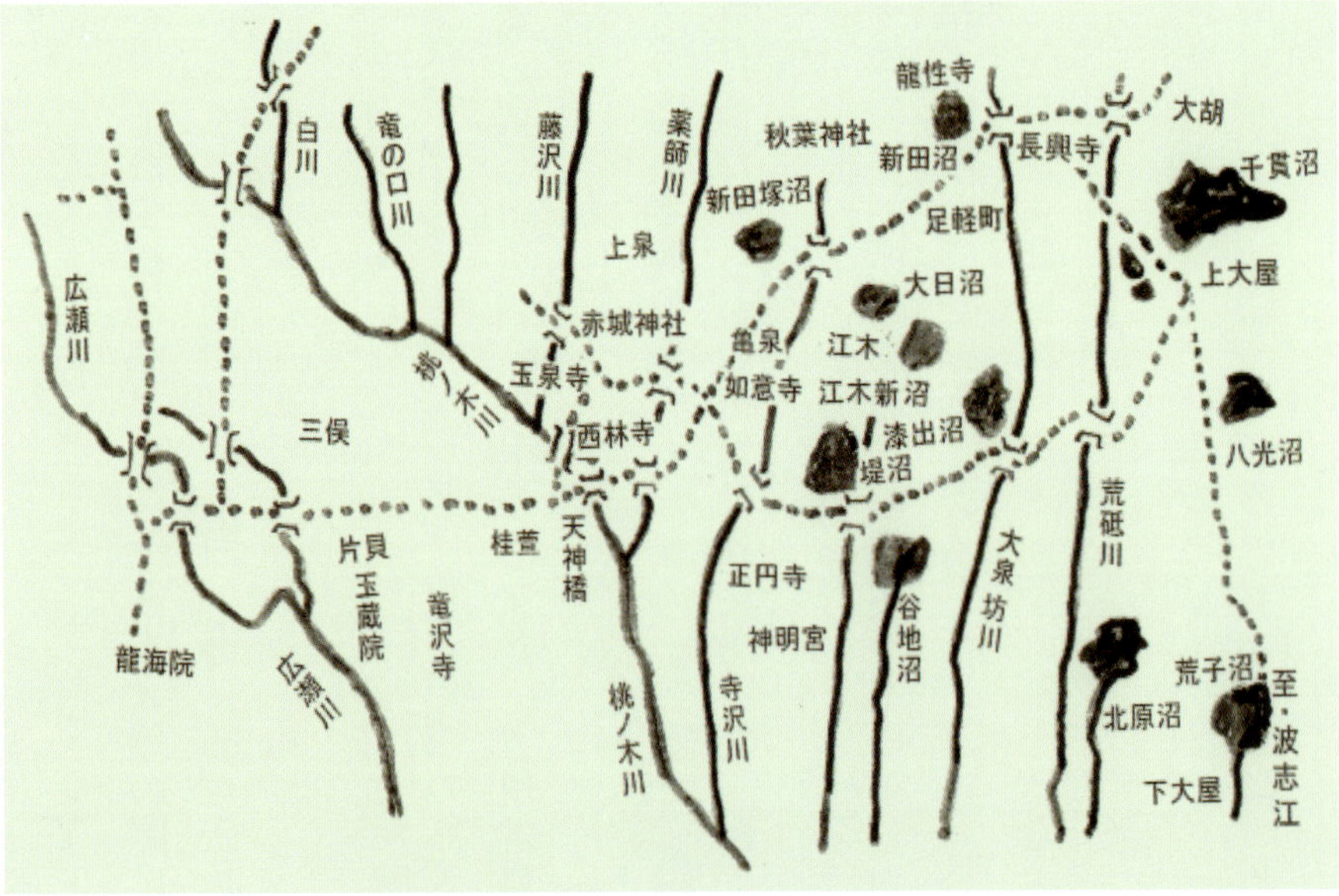


農業用水池を多く持つ南勢多郡の村々

「それは、冷気のせいだ。沼を渡ってくる冷気がお蚕を冷やしているので、活発に桑を食わないのだ」

「なるほど、冷気の多い根拠《こんきょ》は沼ということか」

「そうだ、沼のほかには考えられない」

徳治郎がうなずいた。門人同士の議論には遠慮がない。

そこで、喜三郎が、

「冷気に限らず、湿気も違作の原因ではないのか」

と割って入った。

「そうだ。わしも昼間からそれを考えていた。今はいいが、梅雨時《つゆどき》になると、湿度が上がるはずだ。沼の多い所だからな」

と徳治郎が言った。そこで、これまで黙って聞いていた主《あるじ》の藤吉が遠慮がちに口をはさんだ。

「あのう…、冷気と湿気は、そんなにお蚕に悪いのでがんすか」

それには作右衛門が答えた。作右衛門の話は長かった
「前橋城下の利根川寄りに日輪寺村《にちりんじむら》という所がある。そこに木村松太郎どんという人がいる、日輪寺村もこの村同様に昔はお蚕の違作で困っている家が多かったそうだ。松太郎どんは、なんとかしてお蚕の違作を克服できないものかと、前々から、あれこれ工夫していたが、なかなかいい方法が見つからないでいたという。ところが、ある時、松太郎どんは紺周流の評判を聞きつけて針山新田まではるばる出かけたとのことだ。そうし

て焚き火飼いという、以前とはまったく違う養蚕方法を教わったので、これを村に帰って試してみたそうだ。

日輪寺村の西には天狗岩の用水堰《ぜき》から岩神《いわがみ》の浮き岩にかけて利根川が流れている。榛名山を吹き下ろす乾《いぬい》の風が、利根川の冷気と湿気を伴って日輪寺村に吹きよせている。冷気も湿気も目には見えないが、自然に敏感なお蚕への影響は強いはずだ。それで、この冷気と湿気がなんとかなれば、蚕が当たるに違いないと考えて、紺周流の焚き火飼いを取り入れてみたのだそうだ。ところが、これがうまくいったというのだ。次の年もその次の年も豊繭《ほうけん》になったという。

松太郎どんは、この飼育法で違作を克服《こくふく》し、自分だけのものにしないでみんなにすすめたのだそうだ。いや、今現在も、周辺の村々へ出かけて、紺周流養蚕の普及に努めている。実は昨日の龍海院の集まりに見えるかと思っていたのだが、ちょうど忙しい時期に入った頃とみえて見えなかった」

作右衛門のやや長い話が終わると、藤吉の家内《かない》が温かいお茶にかえた。

「あしたはみんなが、今日の見廻りの結果を聞きに来るだんべえな」

藤吉はそうつぶやきながら、囲炉裏火に枯れ枝をたした。

＊　＊

明けて四月二十五日の早朝、夜明けとともに人々が山口藤吉の家に集まってきた。地元の上大屋だけでなく、北は河原浜《かわらはま》や横沢、西は荻窪《おぎくぼ》や堀越《ほりこし》、そして南は泉沢や下大屋、それに波志江の人々の顔も見えた。

お蚕の違作の原因はなにか、これを直すにはどうすればいいのか。人が言うように何かの祟《たた》りなのか、人々の思いはまちまちだったが、いずれにしても、切実な思いをかかえて集まって来ているはずだった。

紺周郎が明治五年に熊谷県知事から養蚕見廻り役の辞令を受けているのを知っている人も少なくなかった。そんなわけで、藤吉の家の庭では、紺周郎と三人の門人の話をいまかいまかと待ちかまえていたのだった。桑の芽吹《めぶ》きが進んで、掃き立ての時期が迫っていることも、人々の切実な思いをかきたてていた。

紺周郎は庭に面した縁側に腰をおろしていた。藤吉が息子を使って庭にネコを広げさせ、人々に敷くようにすすめていた。

「乾《いぬい》の風が沼面《ぬまも》をわたって、冷気《れいき》と湿気《しっけ》を持って来るようであります。この地域の違作のもとは、これに尽きるようであります。この冷気と湿気をなんとかすれば、繭はたんととれるようになるはずで、決して家につく祟《たた》りなどではございませぬ」

紺周郎がそう言うと、ワアッという泣き声にも似た声が上がった。まさしく喜びの声だった。

「だが、風は悪者かというと、そう一方的に決めつけるわけにも参りませぬ。湿気《しっけ》を運んで来る風があ

千貫沼　（上大屋）

ると思えば、湿気をとり去ってくれる風というものもあります。蚕籠《かいこかご》に短冊《たんざく》を下《さ》げて、その揺《ゆ》れ具合で風の動きを知るなどは、風をどう利用するかにほかなりませぬ。時によりますが、風がなければ困るということもある訳《わけ》であります」

「風は悪者とばかりは限らねってことかいな…」

そんな独《ひと》り言も聞こえた。

「後は、わしと一緒にお蚕様飼《こさまが》いをしている若い衆が来ておりますから、なんなりとお尋《たず》ねをお願い申します」

紺周郎はそう言ってから、縁側の端にいる作右衛門らに向かって軽くうなずいた。

このあと、作右衛門ら三人に向かって様々の質問がなされた。中には、もう一度蚕時《かいこどき》に来て教えてほしいという希望もあった。

しめくくりは喜三郎の話になった。

「この村は赤城の山林に恵まれておる所でございまするから、いぶし飼いにはまん向きの地域でござります。ただ今までのお話のように、沼地の辰巳側《たつみがわ》となる家におきましては、寒湿気《かんしつけ》の多い日には特にいぶし飼いを多めに行うということで効果があるようでござります。そうすれば、他所《よそ》の方々《かたがた》と同様に豊繭《ほうけん》になることは間違いありませぬ。ばちが当たっておる家などということはまったくの思い過ごしであり、その家にとっては迷惑《めいわく》な話ということになるのでござります」

多くの人々の顔にほころびの気配が感じられたところで、早朝よりまことにご苦労様でござりましたと言って喜三郎は話を終わりにした。

紺周郎らは、藤吉の家内の世話で昼餉をすませてから、昨日乗って来た馬一頭を借りて帰路についた。日輪寺の木村松太郎宅まで藤吉の息子に手綱を持ってもらい、日輪寺で藤吉の息子を帰すとそこで一泊した。門人仲間に遠慮はなく、その晩は松太郎も交えて、沼地や河川《かせん》と違作《いさく》の関連などについて、遅くまで語り合った。

翌日は川額の喜三郎の家まで棚下道《たなしたみち》を四人で歩き、喜三郎の家で昼飾の馳走《ちそう》を受けてから道々別れて、紺周郎は川場村中野《なかの》の門人宮田栄蔵《みやたえいぞう》の家に泊まった。夜分《やぶん》に峠を一人では歩かないというのが、家族との約束だった。それで、紺周郎が針山新田の家に戻れたのは、月末に近い四月の二十七日になっていた。

＊　＊

上大屋へ行ったのが明治十一年の八十八夜の頃のことで、その後、上大屋からも波志江からもしばらくの間音沙汰がなかった。生糸の相場が上がると繭の需要が高まって、それに応じて蚕種検査養蚕見廻り役の仕事もますます忙しくなっていた。それで、一度訪問した所の結果がどうなったか、再度の確認はそのままになりがちだった。紺周郎にすれば、以前の飼育指導の結果が悪かったという評が今のところは聞かれていないので、それを良いことと思うことにしていた。

華氏寒暖計が沼田盆地々域に出回ってきたのは明治十八年頃で、その翌々年、明治二十年の二月になって間もなく、まず上大屋の山口藤吉が十三人の百姓仲間を連れて来た。向こう山が雪でかすむ吹き降りの日だった。紺周郎が、峠は雪ごねで大変だったろうと言うと、めったに雪の降らないところで暮らしているので若い衆はかえって喜んでおりましたと藤吉が答えた。

それから、改まった顔になって正座をすると、

「長い間ご無沙汰を申しました。筆無精《ふでぶしょう》にかまけて失礼をしましたが、冷湿気を防ぐいぶし飼いに村のみんなで取り組んで、どこの家でも豊繭《ほうけん》になり申した。祟《たた》りがあるなどと言われた家でもたんと穫《と》れました。それで、いい正月が迎えられました。永井流養蚕の賜物《たまもの》でございます」

と代表らしくやや長い挨拶をした。それから、

「これは、千貫沼の水で穫れた米でがんすが…」

と言って、若い衆の背中から下ろした一斗はゆうに入りそうな穀物袋《こくもつぶくろ》を縁《えん》ばなに置いた。紺周郎が金子《きんす》では礼を受けないのを承知しているので、土地で穫れる穀物などを持参する者が多くなっていた。藤吉らもやはり弁当を持って来ていた。それで、いと志ちが急いで乾葉《ひば》と凍《し》み豆腐《どうふ》入りの味噌汁を用意した。昼餉後は座敷に上がってもらって紺周郎が養蚕講話をした。

翌日は新井村の桑原半造と小暮浜吉、東大室村の神沢重二郎、それに波志江八坂組の高橋友吉と波志江村の深沢茂三郎、しめて五人が訪れた。深沢茂三郎は小組合村の総戸長、高橋友吉も八坂組の戸長で紺周郎とは以前から気心の知れた仲だった。この二人の話から、この冬は南勢多の多くの人々が針山新田を訪れて来ることを知った。

紺周郎は、山口藤吉の言った、いぶし飼いにみんなで取り組んで、どこの家でも豊繭になったというそのことが何よりも嬉しかった。

次の日も、またその次の日も、まるで申し合わせたかのように、村ごとにまとまって昼前に着いた。そして、いとと志ちの用意した乾葉入りの凍み豆腐汁で弁当を食べ、座敷で紺周郎の養蚕講話を聞いてから帰り支度にかかった。

彼らが針山新田まで来るには、最も近いのは三夜沢《みよざわ》から赤城の大沼辺《べ》りに入って南郷《なんごう》へ下るのが近かったが真冬の赤城越えは困難を極めるはずだった。次に考えられる道は島村の栗原甚五平のよく来る大間々から根利を経て来る道であるが、これも冬路《ふゆじ》に慣れた会津街道の馬方たちなればともかく、利根川下流の農民には無理な道だった。結局、沼須の土橋で片品川を渡って沼田平《ぬまただいら》に上り、川場から千貫峠を越えて来るよりほかにい道はない。それで、山口藤吉らは紺周郎の話が終わると、名残《なごり》おしげにいとまの挨拶をすませ、振り返り振り返りしながら、千貫峠に連なる天王ザクラの枝下を向こう山越《やまご》えに去って行った。

月田村…関口倉次郎、関口政吉、馬場村…堤弥十郎、堀越村字足軽町…北爪芳太郎ほか七人、堤村…荒木福太郎ほか十一人、大胡町…三川岩吉ほか十一人、茂木村…大原多造ほか五人、横澤村…新井丈吉ほか三人、鼻毛石《はなげいし》村…北爪清六、柏倉《かしわぐら》村…吉村牧重郎、堀越村…須藤国造ほか三人、荻窪村…青木八十吉、樋越《ひごし》村…木村清次郎ほか三人、滝窪《たきくぼ》村…新井仁平ほか二十七人、大石村小暮清吉ほか四人。

ここまでが南勢多郡の、この冬に針山新田の紺

南勢多郡の村々から
眺められる神碣碑

周郎家を訪れた人々の記録である。この後に、さらにいくつもの郡、町村、そして門下生の名前が続くのであるが、省略させて頂くこととしたい。

＊　＊

　五月も半ばを過ぎると、南勢多の地域は一面に麦の穂波におおわれる。その赤褐色《せきかっしょく》の波立つ中にちょこんと一つ、帆掛け舟の帆のような形に似た石碑が見える。これが、南勢多の人々が、紺周郎のために建てた感恩《かんおん》の碑である。場所は上大屋の人々が観音堂と呼ぶ所で、文化三年丙寅《ひのえとら》年建の双体道祖神、正徳四年甲午《きのえうま》年建の青面金剛像など多くの石仏の見られるその一角である。神碣《しんけつ》とは神の如き人の意であろうか。

『大胡町歴史散歩・石像物の項』によると次のように述べられている。

「…大胡《おおご》・樋越《ひごし》・上大屋《かみおおや》の人々だけでなく、宮《みや》城《ぎ》村・荒砥《あらと》村・波志江《はしえ》町の人々も参加して永井紺周郎にたいする敬愛と亡くなったことを悼む思いの表れとしてこの碑が建てられてから長い間地域の人々から「蚕の神様」として信仰されてきたという。…」

麦畑の熟れる初夏の上大屋

　台石には二代紺周郎、小野作右衛門、勝見徳治郎、星野喜三郎の名も刻まれている。

紺周郎神碣《しんけつ》

永井紺周郎翁者《おうは》
利根郡針山新田乃人南利《ひとなり》
若きよ里養蚕乃業をい曽し民世人の《いそしみせじんの》
為尓教遍授くる遠毛て《ためにおしえさずくるをもて》勤と世り可礼曽乃《つとめとせりかれその》
遠し遍子と《おしえごと》数《しばしば》万飛ら流る毛の千千能多幾尓到連りと曽其可中尓此乃大屋の里人《まひらるるもののちぢのおおきにいたれりとぞそがなかにこのおおやのさとびと》衆《しゅう》
う可良如才親し三多りし可翁八毛与《うからじょさいしたしみたりしがおうはもとより》明治廿年五月四日とい婦日尓《ふひに》五十七乃齢遠《のよわいを》限《かぎり》
と志亭安奈水の華の露の玉能緒者可那く母絶え尓し八《としてあなみずのはなのつゆのたまのをはかなくもたえにしは》惜良くとい婦も餘里有る《おしむらくといふもあまりある》憐《あわれみ》
今四其神霊遠招き《いましそのしんれいをまねき》奉《たてまつり》里て堅石尓毛の世し八《てけんせきにものせしは》安《やすんじ》ら連《られ》忠《まごころ》奈る所為とい布遍し《なるしょいといふべし》
如此希こ曽永井の水乃清き名者萬代尓傳八留良免と夏引きのいと《かくのごときこそながいのみずのきよきなはばんだいにつたはるらめとなつびきのいと》僖《よろこば》しくて南武《しくてなむ》
明治廿一年 三月 中《ちゅう》教《きょう》正《しょう》 齋藤多須久しる須《さいとうたすくしるす》

[註] 齋藤多須久…勢多郡宮城村に生まれる。武蔵国権田直助門下明治維新後塾を開いて子弟を教育。門弟五百有余人。明治廿六年八月十六日没。行年五十九歳。

（新世紀群馬郷土史辞典より）

この四人が初代亡き後もいくどかこの地を訪れて永井流の養蚕飼育法の指導を親しく行っていたことの証《あか》しである。神碣碑《しんけつひ》の裏面には宮城村出身の漢学者齋藤多須久《たすく》の撰文《せんぶん》が刻まれている。この人は紺周郎とほぼ同年代で、疲弊《ひへい》しつつある幕政下の農村の暮らしを見つめてきた人として、紺周郎の生き方をよく理解していた人と推察される。

# 二十、坂のある村

明治十四年の晩秋、紺周郎は馬に六俵の炭を積んで背嶺峠《せみねとうげ》を越えた。沼田の原町《はらまち》の炭屋にその六俵を納めてから買い物をした。暮れの買い物にしては時期が少し早いが、いつ雪がどっさり降らないとも限らないので、とりあえず保存のきくスルメに昆布《こんぶ》、それに身欠《みが》きニシンや蝋燭《ろうそく》とマッチなどを買い、それから中町のおもちゃ屋をのぞいた。

一人娘の志ちの幼い頃はおもちゃ屋に寄る心の余裕もなかったが、志ちの子と他所《よそ》から預かった子と、年々人数が増えてきたせいか、それとも幼児の可愛さも手伝ってかおもちゃ屋に寄ってみる気持ちも出てきたようだ。

一番上が志ちの産んだおとく、次が川場の湯原から預かってきたおりき、次が蕪町《かぶちよう》から連れて来た峰吉、次が志ちの産んだおしゅんと次のおみね、それから長男の紺周《こんしゅう》良《ろう》と次男の婚作《こんさく》、そしてこの春生まれた女の子のおいまだった。それで世間には子もりっ子を連れてきたと言う人もいるが、紺周郎にすれば人助けとして子沢山の家の子を養っているという気持ちもないではなかった。だが、妻のいとは、「子供は神様の使いだというから、ひとの子もうちの子もわけへだてしちぁあなんねえむし」と言って変わりのない情をどの子にもかけていた。

おもちゃ屋では、赤子のおいまには早いが、ほかの子は一緒に遊べそうな双六《すごろく》といろはがるたを買った。紺周郎が、東倉内《ひがしくらうち》の鍛冶屋《かじや》で焼きなおした馬蹄《ばてい》を取り付けてもらっていると、原町の炭屋の倅《せがれ》が来て、

「紺周どんに会いたいという和尚様が来ているので、帰りしなおらが店に寄っとくんなさい」

と言った。紺周郎は花咲《はなさく》の善福寺《ぜんぷくじ》の寺役《てらやく》をしている。善福寺の住職が沼田に来ていて一緒に帰ろうというのであろうと思いながら、材木町通りをぬけて、再び炭屋の軒《のき》をくぐった。ところがその和尚様はまったくの別人だった。墨染《すみぞ》めの衣に身を包んでむなじに金地《きんじ》の絡子《らくす》を下《さ》げていた。

囲炉裏に焙烙《ほうろく》が下がっていておかみが豆を煎っていた。その焙烙越《ご》しに紺周郎がお辞儀をすると坊様は上体をこごませながら合掌した。それで、紺周郎もあわてて合掌して返した。

このときが、勢多郡横野村大字勝保沢《かつぼざわ》の、快中山宗玄寺《かいちゆうざんそうげんじ》の森大心《もりだいしん》和尚との初対面だった。日も短いので、とことわってから大心和尚は早速用件に入った。

近年はどこの村でも養蚕が生業の主流となり、収入もそれなりに増えて、江戸末期の頃に比べると暮らし向きも良くなっている。特に明治五年の富岡製糸場の稼働《かどう》を境にその傾向は顕著《けんちょ》のようである。

ところが、どうしたわけか拙僧《せっそう》の住む宗玄寺地域の村は、養蚕の違作《いさく》続きで困ってい

る。蚕種が悪いか、桑が悪いか、あるいは飼い方が悪いか、これからも養蚕を続けたものか、せっかく植えた桑畑ではあるが、これをこぎ払って麦小麦と豆類など旧来の穀物生産に戻したものか、地域全体が思案に暮れているのが実状である。

幕政時代は田畑の勝手作《かってさく》の法度《はっと》があったが、それも解かれて希望をもって桑苗を植えた人々のことを思うとかわいそうでならない。なんでも、波志江《はしえ》や上下《かみしも》の大屋村《おおやむら》などでは、紺周郎殿に飼育法を教わってなんとか苦境を脱したという話も聞いている。これが解決すれば礼はいくらでもしたいので、是非お出かけのうえ、ご教示《きょうじ》を願いたい。これが大心和尚の話の概要《がいよう》であった。

これに対して紺周郎は、礼などということは県からの委嘱《いしょく》でなにがしかの手当も出ているので、心配しないでもらいたい。わしでなんとかなるようでしたらいつでも伺いますから、都合のよい時期を連絡してください。私の考えでは、春蚕の掃き立ての四、五日前からが宜しいかと思います。そう答えたのだった。

大心和尚は、利根の東《ひがし》入りを見るには良い機会だと思って、夕べは宗派仲間の高平《たかひら》の雲谷寺《うんこくじ》に泊まり、翌朝数坂峠《かっさかとうげ》越えで、薗原《そのはら》と老神《おいがみ》を経て追貝に辿《たど》りついたという。それから話には聞いていたが、一度は眺めてみたいと思っていた吹割《ふきわれ》の滝を見て、これも宗派仲間の海蔵寺《かいぞうじ》に泊まり、早朝に花咲を経て針山街道を上ったのだが、はや、おのし（お主）が馬をひいて発った後だった。そう語ってから、

「いやぁ、あの滝はたいしたものだあ、それに千貫岩《せんがんいわ》に松、これもたいしたものだぁ、どっちも天下の名勝《めいしょう》じゃなぁ」

大心和尚はそう言いながら、口を大きく開けてからからと破顔《はがん》した。紺周郎は、慣れない山坂をここまで追いかけて来てくれて、愚痴《ぐち》ひとつもらさないこの和尚にいつのまにか敬服の念をおぼえていた。

明けて明治十五年の節分過ぎに、大心和尚からはがきが届いた。

事前講話、明治十五年五月二十四日酉ノ刻《とりのこく》ヨリ快中山本堂ニテ、受講予定十八名、催青《さいせい》前ノ種紙《たねがみ》到着予定日、同月十日ヨリ二十日までの間、宿、宗玄寺庫裡、と用件のみ記されていた。

紺周郎は、前回は県令からの要請もあったので小野作右衛門ら三人を同道したが、今回は繁忙期でその上逗留《とうりゆう》が長くなりそうでもあるので、隠居年齢の自分だけで出かけてみることにした。この正月、紺周郎は五十歳、妻のいとは四十六歳になっていた。

五月二十四日の明け方、東の空の白む前に家を出た。千貫峠の雪はほとんど消えて、落ち葉を踏む足は心地よかった。

県令呼び出しの時と違って、戸鹿野《とがの》から新町《しんまち》に下って、君河原《きみがわら》の土橋で片品川を渡り、川額《かわはけ》の星野喜三郎宅でひと休みした。喜三郎の家内の出してくれた味噌汁とたくわん漬けをせえ（おかずの意で方言）にしていとが焼いてくれたネギ味噌入りの焼き餅を食べた。焼き餅にはまだいくらか温もりが残っていた。

県令呼び出しの時四人で歩いた道を今度は一人で歩いた。喜三郎が追ってきて馬で送ると言ってくれたが、今度は一人で行くことに決めたのだと言うと、すすめるのをやめた。強情なと思ったかもしれない。何のことだったかは覚えていないが、幼い頃、お前は強情な子だよ、寺子屋へ上がるまでには直さなければと祖母のたきに言われたことがあった。それが五十を過ぎても直っていないのかと思いながら、対岸にせり出た岩などを眺めながら歩いていた。

棚下《たなした》、津久田、敷島とあるいて、日輪《にちりん》が中天《ちゅうてん》に昇る頃宮田《みやだ》の不動尊下《ふどうそんした》に着いた。

左にきれると宮田坂で坂の上り口にちょっとした平地があって、茶屋が店を出していた。田舎まんじうと太書きした幟《のぼり》がはためいていた。

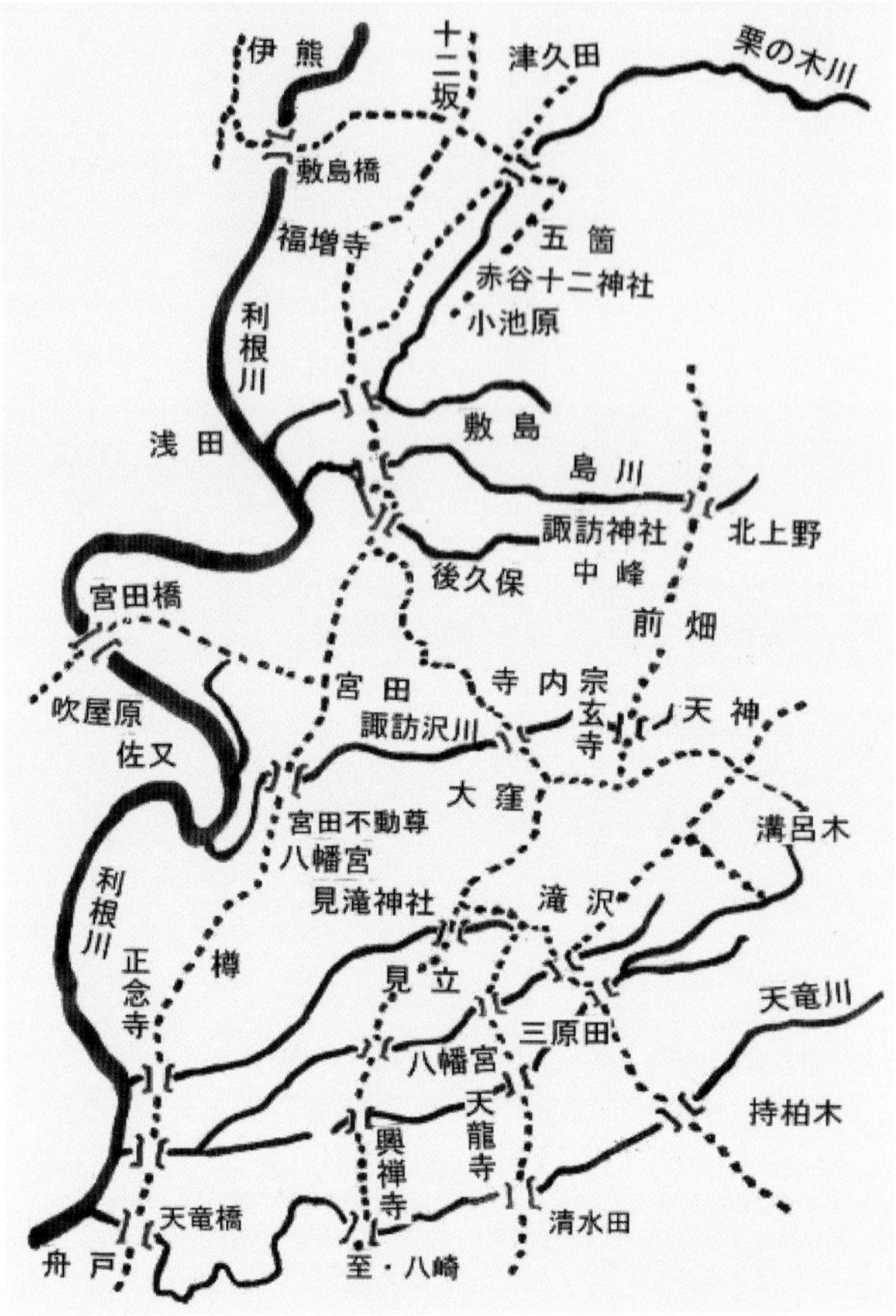

勝保沢など、利根川東寄りの村々の概念図
（紺周郎が訪れた頃の名称は横野村）

坂はひんぱんに曲がる文字通りのつづら折りで、途中で立ち止まっては息をととのえた。以前はたいていの峠は一気に越えていたが、この頃は途中で休むことが多くなった。

坂を上りつめ

ると杉林が開けて桑畑が広がり、そこから赤城山の方角に寺の大屋根が眺められた。前橋から上大屋《かみおおや》へ行くときは、なだらかな平地が続いていたが、ここは起伏《きふく》が多く、坂の上り下りを繰り返しながら快中山《かいちゅうざん》を目指して歩いた。

赤城山から流れおりる幾筋もの沢に沿って階段状に稲田が続いていた。そして、沢より高いところは麦畑や桑畑、それに竹や杉などの林が広がっていた。

亀泉から大室地域へかけてはいくつもの沼が眺められたが、この村にはわずかしか見られなかった。上下《かみしも》の大屋《おおや》地域あるいは大胡や波志江《はしえ》地域などの場合は、沼面《ぬまも》をわたる風が運ぶ冷気と湿気が違作の主要な原因と言えたが、この地域の場合はそれとは異《こと》なるものがあるのかも知れなかった。

雑木林の坂道になり、下って行くと流れが低くなった辺りに萱屋根の小屋があって水車が回っていた。紺周郎が小川の土橋にかかったとき、小屋の板戸があいて若い衆が出て来た。若い衆は粉挽き仕事でもしていたのか、前掛けをぱんぱんとたたいた。それから紺周郎をみとめるとかるくお辞儀をした。そして、

「快中山へいぐんだんべ」

と気やすく声をかけてきた。紺周郎が、さようでがんすが、と答えると、

「お蚕様《こさま》の飼い方を教えに…」

と若い衆が言った。紺周郎は、自分が今日この村へ来ることについて、よく知れ渡っているらしいことに気付いた。

「酉《とり》の刻《こく》からと頼まれているが、お前様も来られるのかね」

今度は紺周郎が聞いた。

「いや、おらぁいがねぇ。お蚕様《こさま》なんざぁ、何十年も飼ってる。そんな暇《ひま》があったら草履《ぞうり》の一足でも編《あ》めって爺さまに言われてるから」

と若い衆が言った。それから、

「ちょっと待たっしゃれ」

と若い衆は言って小屋に入ったが、じきに出て来て、

「こじゅはんだちゅって、かかあが焼いたから」

と言って小麦粉の焼き餅を盆にのせて紺周郎にすすめた。中に囲炉裏があって、顔は見せないが若妻のいることが察せられた。若い衆は所帯持ちのようだった。

焼き餅をすすめてくれるなど、若い衆が自分を迷惑な外来者とは思っていないらしいことに気づいて紺周郎はほっとした気持ちになった。焙烙《ほうろく》に油をしいて焼いたらしい小麦粉のじり焼きを味わいながら、今夜酉ノ刻《とりのこく》（午後六時）からの講演のことを思ったが、まだ尋《たず》ねて来たばかりのこの土地で、違作の改良が可能となるような話は出来そうになかった。これまでに自分がためしてみて、良かったと思われる事実を話してみる以外にはなにもないと思っていた。

若い衆に礼を言って今度は坂道を上った。上るにつれて宗玄寺《そうげんじ》の入《い》り母屋《もや》造りの大屋根が、紺周郎に向かって覆《おお》い被《かぶ》さるかのように見えてきた。

＊　＊

この日の日暮れ方、寺の若い僧が酉ノ刻《とりのこく》の鐘を撞《つ》いても、一人の村人も現れなかった。

大心和尚は、

「なに…、日が延びているから、そう早くは来られぬじゃろう」

と言って、境内に出たという筍《たけのこ》の胡麻《ごま》よごしをすすめてくれたが、内心は誰も来ないのを気にしている風だった。それから半刻《はんとき》（一時間）ほどして蒼麻《あおそ》の袢纏《はんてん》の上を三尺帯で結わえた若者が本堂に入って来た。仕事を済ませて急いで来たらしい身なりだった。

勝保沢の快中山宗玄寺　（勢多郡横野村村誌より）

大心和尚が、

「勝保沢の萩原安五郎でがんすな」

と紺周郎に小声で耳打ちしてから、

「早かったなぁ、田植えは終わったかや」

と声をかけた。安五郎という若者は、和尚の問いにあいと答えてからうなずき、それから初対面の紺周郎に向かって丁寧《ていねい》に頭をさげた。

しばらくして、若い僧が戌ノ刻《いぬのこく》（午後八時）の鐘を撞きに庭に出ると、若者が一人門をくぐった。その若者は本堂に上がると、遅くなったことを侘びながら頭をさげた。萩原安五郎同様に、蒼麻の袢纏の上を三尺帯で結わえていた。急いで仕事をかたづけて来たらしく息をはずませていた。このときも、

「前畑の角田六太郎でがんすな」

と、大心和尚が紺周郎に小声で告げた。そして、

「…勢多郡横野《よこの》村大字勝保澤《かつぼざわ》は古来《こらい》養蚕違作勝《いさくがち》として部落民困難《こんなん》致し居りし処、明治十四、五年の頃先生の風聞《ふうぶん》を聞き及び教えを乞《こ》ふ希望者十八名指導を申込《もうしこみ》たり。依《よ》って先生出張せし處《ところ》十五名の変心者出来指導を受くる者僅《わず》か三名となりたり。此の内寺の住職一人ありたり。当初《とうしょ》の計画に反せる為申譯《もうしわけ》なしと侘入《わびいり》たるに先生はたとひ一名にても我が飼育法を希望者には指導すべし。まして三名あれば充分なりとて、先生は喜んで三名に焚火飼育を指導なしたり。

其年三名の養蚕十二分の大豊作を得たり。是に依り四、五年間に全部落民門人となり毎年大豊作をなすに依り、部落民一同、協議をなし、数年の報恩の為、村社《そんしゃ》諏訪《すわ》社《しゃ》境内に先生夫婦の霊神《れいしん》記念碑を建設なし、毎年四月十五日を祭日と定め、大々神楽《だいだいかぐら》の催しあり。…」

「おう、昼間、諏訪様の杜《もり》で爺様と会ってな、それで、今夜のこと、頼んであったのじゃ」

と言った。

「道理で…」

と言いながら、六太郎は頭を掻《か》きながら、紺周郎に笑顔を向けた。紺周郎が、

「昼間はこじゅはんにあやかって、ご馳走でがんした」

と言うと、六太郎より先に、

「ああ、昼間会っとったか。そういえば、今日は六太郎の家が車番《くるまばん》じゃったかのう。通り道じゃからのう」

と大心和尚がうなずきながら言った。

*

さて、このときの様子は古書《こしょ》に遺《のこ》されている。紺周郎の妻いとの在世中に傳習所の役員をしていた三浦幸三郎によって書かれたものである。

このとき、紺周郎が住職の大心と村の若者二人にどのような講話をしたのか、詳しい記録は残されていない。しかし、「焚き火飼育を指導なしたり」の文から、紺周郎と妻のいとが見出《みいだ》して研究を続けてきた、世間で呼ばれているいわゆる「いぶし飼い」の飼育法を説いたことが推察される。そして、「其年三名の養蚕十二分の大豊作を得たり。是《これ》に依り四、五年間に全部落民門人となり毎年大豊作をなすに依り…」ということは、霊神記念碑が遺されている事実を見ると、このことが決して誇張《こちょう》ではなかったと理解されるのである。

# 二十一、拳銃と仕込み杖と蚕座紙のこと

明治三年の頃は、都合のよい時に近隣の地域を廻っていた。誰に頼まれたのでもなく、自分と妻のいとで発見した飼い方を話して歩いていた。話さなければいられなかった、

自分たちだけのものにはしておけないという思いが、ふたりの心を突き動かしていたということかも知れない。

ところが、明治五年に紺周郎が熊谷県（同九年より群馬県）から蚕種検査及び養蚕見廻り役を委嘱《いしょく》されると、近隣に限らず県内を巡回することに義務が生じた。自分がこの役割を果たすことで多くの人の暮らしがいくぶんでも楽になれば、官営の富岡製糸場が必要とする繭原料の供給率が少しでも上がれば、そんな気持ちが紺周郎の思いの中に広がりつつあった。

紺周郎は県の刻印《こくいん》のある木札を懐《ふところ》にして、あっちの村こっちの町と地図をたよりに、あるいは町村《ちようそん》の吏員《りいん》の案内なども受けながら、初めて見る風景の中を歩いて行った。

これは、千貫沼から自宅に戻った翌年、明治十三年のことになるが、その年の晩秋、日輪寺で木村松太郎と別れ、津久田で大畠喜一郎と別れ、そこからはひとりになって棚下《たなした》部落をぬけ、利根川左岸の雑木林の山道を上流へ向かって歩いていた。風が出て枯れ葉が飛んでいた。杉林が切れたところで風体《ふうてい》のあまりよくない男が三人、何をするでもなくこちらをうかがっていた。紺周郎は後戻りするわけにもいかず、三人の間を、お寒《さむ》うがんすと言いながらぬけた。すると、

「おっと待ってくんねえ」

と後ろから声が追ってきた。この辺りの者の物言いではなく遊び人のものだった。すぐに走り出せばと思ったが、踏みとどまって「何用でがんす」と紺周郎が尋ねた。

「分かってるくせに、村の者に繭の金の売り上げを持って賭場《とば》に出入りするなと言って

るそうじゃねえか、そういう余計なまねはやめてもらいてえんだよ」

上背《うわぜい》のある、目つきのするどい男が言った。それは本当のことだった。農閑期に地域ごとに開かれている養蚕集談会で紺周郎は、家族みんなで汗水流して収穫した繭代《まゆだい》を、丁半《ちょうはん》で巻き上げられることのないようにと、一度は必ず言っているのである。それは養蚕改良法の研究会の本筋とはいくらか異なるとはいうものの、紺周郎にすれば自分の信念として言わずにはいられないのである。

「子沢山で、食うに困るような人が千金を狙って賭場に出入りして、結局はすってんてんになる。家族泣かせだ。何のためにお蚕を飼うのか、こっちが訊《き》きたいようだ」

そう言いながら紺周郎は草鞋の紐を結び直すふりをして足もとの小石を二つ三つ素早く拾った。小柄の若者がすっと後ろに回ったのを紺周郎は気づいていた。その若者は初めから懐手《ふところで》をしていたが、匕首《あいくち》を懐に呑んでいるのかも知れなかった。ここで刺されて綾戸《あやど》の崖から蹴落《けお》とされでもすれば一巻の終わりだ。ここで死ぬわけにはいかない。かかってきたら小石の礫《つぶて》を使うつもりだった。

ところが、運が良かったと言えばそのとおりで、枯れ萱運びの馬が五、六頭棚下山《たなしたやま》の野道を下って来た。秋彼岸《あきひがん》の鎌開《かまあ》きに刈り取って山で干し、それを部落ぐるみで屋根普請《ぶしん》の家に運ぶ人たちだった。枯れ萱を満載した馬の列で通行人は道ばたに除《よ》けざるをえない。

紺周郎はその隙《すき》を見て川上へ向かって走った。博徒《ばくと》に恨《うら》まれるとろくな事はないとは訊《き》いていたが、実際にこういうことに遭遇《そうぐう》したのは初めてだった。そして、道祖神の立つ入沢橋《にゅうざわばし》のたもとまで一気に走ってから振り向いたが、あの男たちの姿は見えなかった。さらに森下《もりした》、鎌沢《かまざわ》と歩いたが後ろが気になってときどき振り向いた。後味《あとあじ》のいいもんではない。でも、ここで自分の信念を曲げるわけにはいかないと紺周郎は思っていた。

何かあったら郡長事務所に寄るように言われているので、ふだん懇意《こんい》にしている川額《かわはけ》の星野喜三郎の所にも、鎌沢《かまざわ》の澤浦権之助の所にも寄らず、君河原《きみがわら》の土橋を渡って、戸鹿野新町《とがのしんまち》から沼田台地に上った。そして、瀧棚《たきだな》の郡長事務所に寄った。

以前から面識のある石原蔵臧《くらぞう》郡長がひとりで留守番をしていて、囲炉裏の五徳《ごとく》の薬罐《やかん》の麦茶を注いでくれてから、

「紺周さん、何かあったただかい」

と訊《き》いた。紺周郎の様子にいつもと違うものを感じたようだった。

紺周郎が、綾戸左岸での出来事をかいつまんで話すと、

「そうですか……、沼田警察へは、取り締まりを強化するように頼んどきますから……。養蚕の見廻りはこれまでと同じにぜひとも続けておくんなさい」

と頭を下げ、それから、今日はわし一人でがんしたから丁度良かったと独《ひと》り言《ごと》を言って奥の部屋へ入っていった。そして鉄製の書庫からガチャガチャと音をたてて何やら取り出すとじきに戻って来た。郡長が事務机に置いたのは一本の杖《つえ》と小ぶりのずだ袋一つだった。郡長が鞘《さや》をはらうと刀身が尺五寸ほどの抜き身が辺りをわずかに明るくした。仕込み杖だった。

それから、もう一つのずだ袋は机の上に置いたまま、

「こりゃぁ、戊辰《ぼしん》戦争当時に出回ったもののようでがんすが」

と言い、これですな、これ、と言って人差し指が拳銃の撃鉄《げきてつ》を引くまねをした。そして、

「ごらんの通り、よくよくの時、無法者から身を守るものです。その責任は郡長として石原が全責任をもちます。決して紺周さんにご迷惑をかけることはありませぬから、何もおっしゃらずにお預かり下さい、少々重うがんすが…」

と言った。

このような経過があって、紺周郎は、護身用の仕込み杖と拳銃とを持って針山新田の自宅に戻った。だが、紺周郎はその後の巡回にこの二つを持って出かけることはなかった。そして、繭代を賭博で失うことのないようにと言う事を忘れることもなかった。

＊　　　＊

明治十五年になると、利根郡と北勢多郡役所からも勧業世話役《かんぎょうせわやく》を委嘱された。この二つの郡の事務所は沼田の滝棚《たきだな》にあったと伝わっているが、西倉内と言ったほうが現今の人には分かりやすい。北勢多郡というのは、久呂保、赤城根、糸之瀬の三つの村で、赤城山麓の北側の片品川沿いの村だった。県から明治五年に同じ様な委嘱を受けていたので、今度の辞令は身近な地域も廻るようにということのようだったが、養蚕の見廻り役は紺周郎だけだったのと、この頃各地で行われている養蚕集談会への出席要請も多くなっていてますます忙しくなった。

＊　　　＊

紺周郎は三月の彼岸過ぎになると桑の葉が早く芽吹く平坦地を目指して出かけて行

く。まず訪れるのが島村の栗原甚五平宅で、蚕種生産の話や県下の養蚕の様子などを聞く。土地によって飼育方法にも違いがあることなど甚五平の話は参考になる。

甚五平は蚕種の生産者でもあるので、邑楽郡《おうらぐん》方面にも需要があって、たまたま高島村の一本木《いっぽうぎ》という所の人に永井流のことを話したところ、村ぐるみでこの飼育法を実行し、蚕病が少なく、しかも予想以上の多収穫にもなったので一本木部落の人たちが喜んだという。それで、ぜひ針山新田という所へ行ってみたいと一本木のみんなが言っているという話も耳にしていた。

そんなわけで、紺周郎はできることなら、一本木という所へも行ってみたいと考えていた。水郷とも呼ばれる邑楽郡のことだから桑の芽吹きも上州では最も早いはずである。そんなことを思うと気持ちだけは南に引かれるものがあったが、結局のところ、紺周郎が邑楽郡まで行くことはなかった。あまりにも遠かったからでもあるし、その頃はすでに紺周郎の脚力が衰えていたからでもあった。

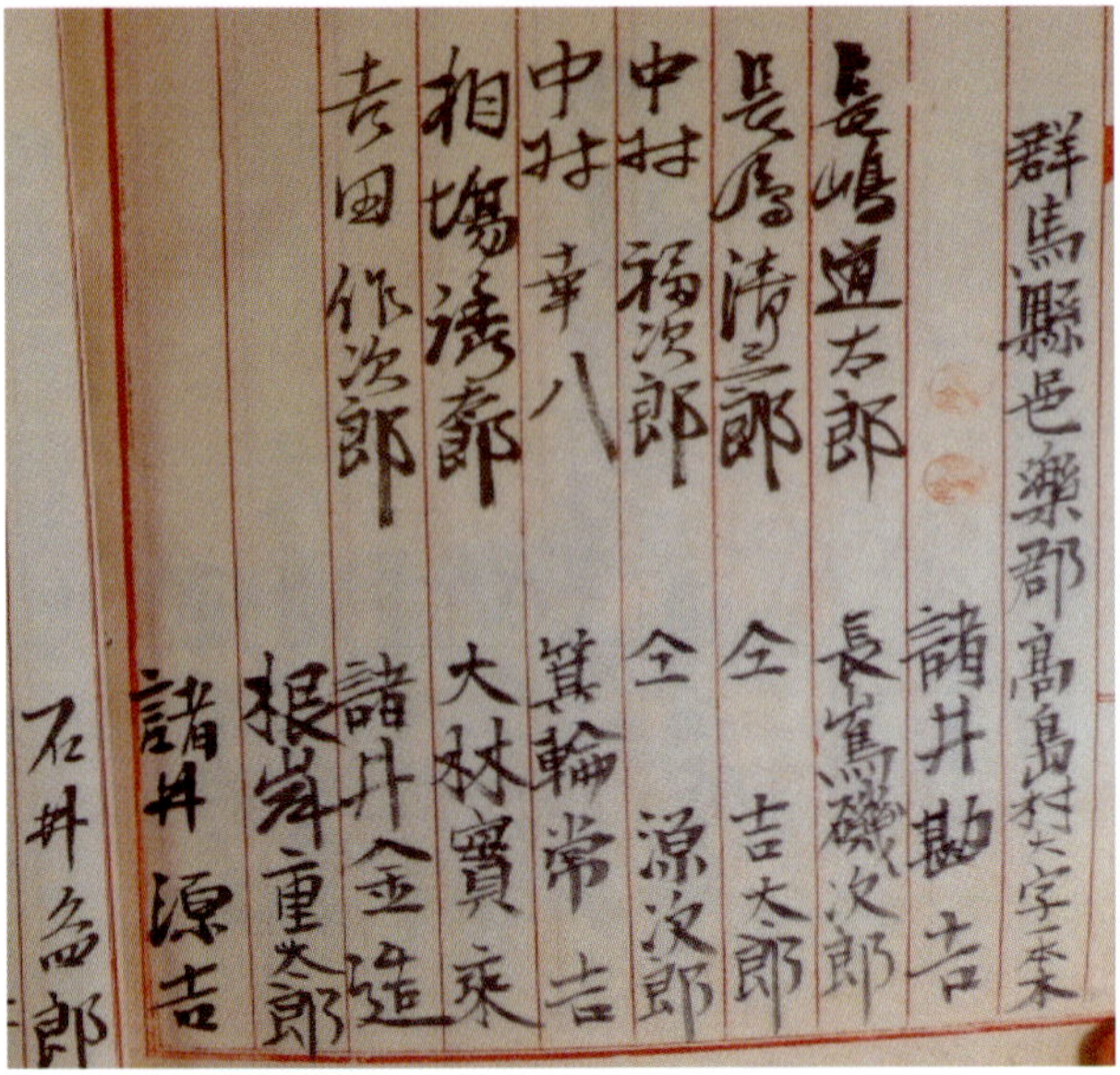

針山新田を訪れた一本木の人々
（明治31年の養蚕伝習所来訪者名簿より）

これは後日のことであるが、この高島村一本木の人々は明治三十一年の農閑期に、針山新田まで来ていたのである。はるばる山坂を越えて、紺周郎に会えるのを楽しみにして来たのである。「明治三十一年戊戌《つちのえいぬ》年春夏秋養蚕飼育方法人名簿」に一本木からの来訪者十六名の名前が記されている。

「紺周さん、紺周さんと墓石に呼びかける一本木の人々のまぶたには涙が光っていた。爺様は幸せだった」

後日、妻のいとは孫の紺周良《こんしゅうろう》にこう話している。これは紺周郎が世を去ってから十一年後のことだったという。

このとき針山新田を訪れたのは諸井勘吉、長嶌磯次郎、長嶌吉太郎、長嶌源次郎、箕輪常吉、大林実乗、諸井金造、根岸重太郎、諸井源吉、石井久四郎、長嶋道太郎、長嶋清三郎、中村福次郎、中村幸八、相場誘太郎、吉田作次郎の各氏だった。

話を戻すとして、紺周郎は骨太の長身ではあったがやせ形で、五十過ぎになると胃弱と咳風邪《せきかぜ》に苦しむことが多くなった。風邪《かぜ》をひくと咳が消えるまでに十日も二十日もかかった。胃痛も同様で黄蘗《きわだ》の皮や尾瀬で採れる三つ葉黄蓮《おうれん》の煎じ薬なども手離さなかった。

明治十五年の七月も末のことだった。渋川町と長尾村《ながおむら》方面の巡回が一区切りしたので、いく晩も泊めてもらった吹屋村の久保田善平宅で礼を述べてから、早朝に沼田へ向かった。伊熊《いぐま》、綾戸《あやど》の崖道、戸鹿野橋《とがのばし》と過ぎて、沼田の材木町でうどん屋によった。

それから、石沢商店で蚕座紙《さんざし》ひと巻きを買い、これを襷《たすき》に背負って帰路についたがその頃から喉が痛くなった。これがいつもの風邪の徴候《ちょうこう》で、まずいことになったと思いながら横塚、生品《なましな》と一気に歩いた。薄根川を渡って天神《てんじん》に入ったがまだだいぶ日が高いので、中野の宮田栄蔵宅に泊まることもないと思って谷地《やち》から湯原《ゆばら》に抜けた。そして、太郎部落を経て木賊《とくさ》に入るとお堂の横手から千貫峠の沢口にかかった。

四月にこの峠を下ったときとは違って、真夏の千貫峠は鬼ぜんまいやらばら藪《やぶ》やらがほき（のび）放題で、これをかき分けるようにして登って行った。

千貫峠の大岩　（木賊）

しかしその日の紺周郎の体は思うように足が進まなかった。おまけに背中を寒気がおそってきて、足ががくがくしてきた。襷《たすき》に背負った一貫目に満たないはずの蚕座紙がいまは恐ろしく重く感じる。千貫岩の根元まではどうにか辿《たど》り着けたので、大岩の根っこの乾いた落ち葉をかきあつめてその上に横になった。この辺りの標高は三千尺を超える。今の自分の体は、ここの夜中の気温に耐えるのは難しい。紺周郎は蚕座紙の包みをほどいて、それで自分の足の先から額《ひたい》までを覆い隠すようにすると体の力をぬいた。そして、あとはどうにでもなれともうろうとした頭で思った。

それから、どのくらいの時間がたったかは分か

らなかったが、

「紺周さん、そうだ紺周さんだ」

という声を聞いたような気がした。それから、人の背に負われて運ばれていることに気づいた。紺周郎は、ああ、だれかが助けてくれているんだな、と意識の底で思ったが、ありがとうがんす、それだけを言ってふたたび混沌《こんとん》とした意識の中に落ちた。

この時たまたま通りかかったのは鍛冶屋の星野善次郎と星野桂重郎だった。この二人も沼田へ蚕座紙を買いにいって、戻るところだった。しかも、この二人は紺周郎にとって以前からの愛弟子《まなでし》とも言える存在で、針山新田へはしょっちゅう来ている若者だった。一人が紺周郎を背負うと一人がみんなの買い求めた蚕座紙を背負い、それを交代で繰り返しながら、千貫峠を越えて紺周郎を針山新田まで送り届けたのだった。それにしても、三人の買い求めた物がどれも蚕座紙だったということはまったく奇遇《きぐう》としか言い様がなかった。

## 二十二、二人三脚

千貫峠でこのようなことがあってからは、紺周郎が平坦地へ見廻りに行くというと、いとが自分も行ってみたいと言うようになった。旦那が世話になった寺の和尚さんや村や町の人にひとめ会ってお礼が言いたいと言うのだった。単独の峠越えは無理だとか、夫の体のことが心配だからなどとは言わなかった。しかし、いとの本心はそこにあったのかも知れなかった。娘たち夫婦もいとが一緒に出かけることをすすめた。孫たちの子守役としておおいに助かってはいるが、やはりいっさいの家事を任せて出かけてくれるほうが若い者にとっては気が楽だったようだ。

しかし、紺周郎にすれば、ひとり歩きのときと同じに車馬《しゃば》や宿泊所の利用などがおいそれとはいかないかも知れないということも案ぜられた。

いとは意志の強いところがあって、いったん言い出すとそれを簡単にひっこめる女ではなかった。勿論、わけもなく我《が》を通そうとする女でもなかった。

紺周郎は、春蚕の繭掻きが終わると、みながわ筵《むしろ》の買い入れがてら、沼田へ出かけて、懇意にしている原町の千吉良《ちぎら》の荷鞍屋《にぐらや》に寄った。そして、いとのための荷鞍を注文した。

荷鞍屋は、紺周郎を作業場に案内すると倅《せがれ》らしい若者を呼んで、物置から荷鞍っ骨《ぽね》を幾組か運んで来させた。そして、紺周郎に乗り手になるいとの体格などを聞きながら、どの荷鞍っ骨にするかを決めた。

芯《しん》になる麦藁を多くして弾力を持たせ、足をそろえて乗っても開いて乗っても上体が安定して疲れが少ないようにすると荷鞍屋は言った。そして、旧暦八月の三、四、五が沼田祇園《ぎおん》の本日だが宵祭りまでには必ず仕上げておくと言った。それから、おかみの入れたお茶を紺周郎にすすめてから、

「女のひとが乗るときは、必ずだれかが手綱《たづな》を持ってくださろい。これだけは守ってもらわないと…」

と言いながら髭面《ひげづら》をなでていた。

さて、いとは、自分用の荷鞍が出来るのをうきうきした気持ちで待っていた。新しい荷鞍に乗って、話には聞いている上大屋の千貫沼や赤城山の鈴ヶ岳の景色などが眺められる勝保沢へ行けると思うと日がたつのがもどかしかった。しかし、いとには常人では思いつかないような思慮深《しりよぶか》さもあった。

夫の見廻り役の仕事を知ること、そしてその役に立つこと、そのことに徹しようとも考えていたのだった。夫が村を廻っていくと、蚕のようすを見てくれ、家の造りは養蚕に向いているか、桑畑や桑置き場はこれでよいかなどと聞かれるに違いない。もどかしいほどに時間がかかるかも知れない。つれあいとして初対面の人々との応対にも気をつけなければならない。

いとは古着の端切《はぎ》れでなんご（お手玉）を四、五十作ってみた。富山《とやま》の薬屋がくれて行くのと同様の紙風船も蚕座紙で作ってみた。これは難しくて折り紙の器用な志ちが手伝ってくれた。男の子が喜ぶように、種紙の楮紙《こうぞし》を幾重にも貼《は》り合わせてぶっつけ《（めんこ）》も作った。夫《おっと》が村を廻っている間に子供たちと遊ぶためだった。

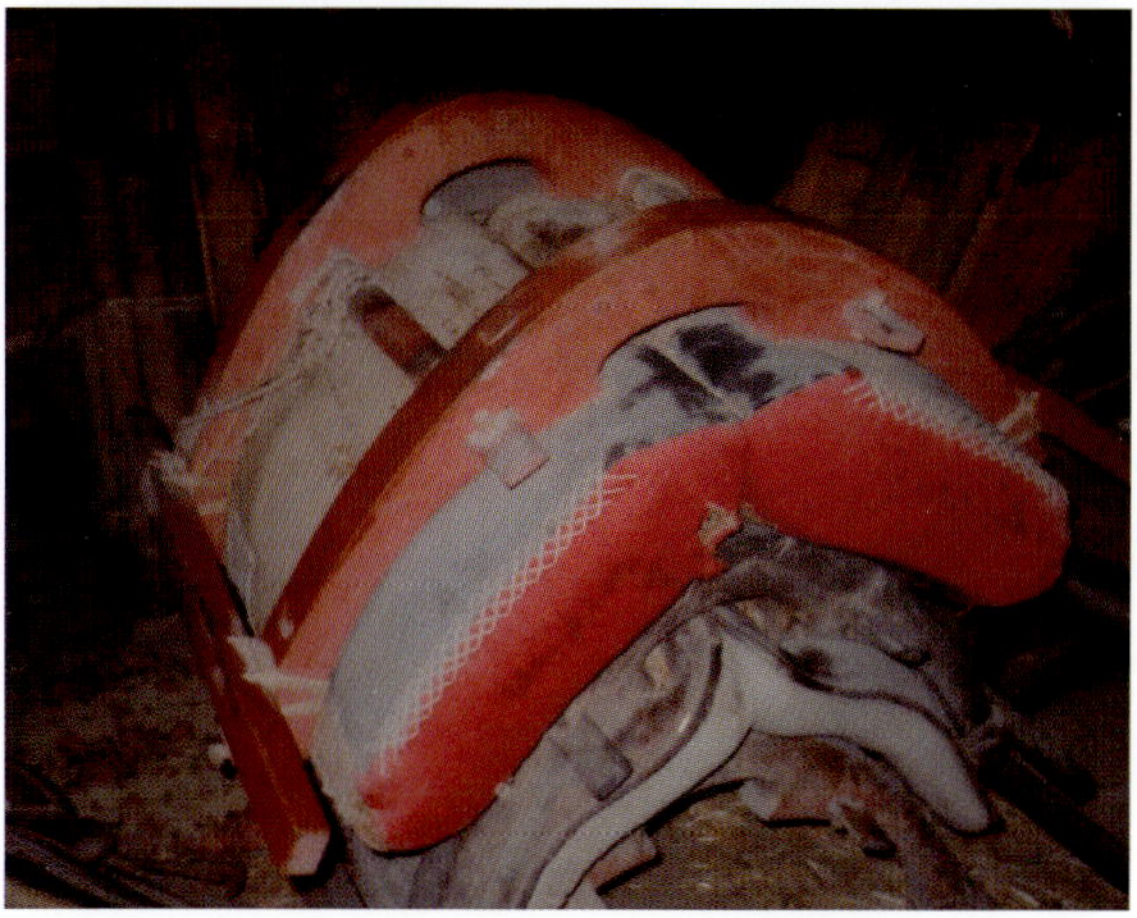

いとが大事にしていた荷鞍

沼田祇園の宵の日に文作が沼田へ行って、新しい荷鞍を受け取ってきた。腰掛ける峰のあたりに厚手の麻布を使い、前後から見ると女ものにふさわしく花模様をあしらった赤い布も縫いつけられていた。

秋口に入って、平坦地で晩秋蚕の掃き立てにかかる時期を見計らって紺周郎といとは自宅を出た。いとが新しい荷鞍に乗り、紺周郎が手綱《たづな》をとっていた。

いとは村の子供たちに人気があった。子供たちはいとのことを「紺周郎ばあさん」と呼んでいとが廻って来るのをこころまちにしていた。いとは、ただ子供たちと遊ぶだけでなく躾《しつけ》もしてくれたので親たちも喜んだと伝えられている。持って行ったなんご（吾妻地域ではあやんご）を使って数え唄を覚えさせ、遊びをとおして日頃のおこないの大切なことを教えていた。

ひとつ人には礼儀がだいじ、
二つふた親孝行がだいじ、
みっつ皆さんしんぼうがだいじ、
よっつ世の中開けてはんじょう、
五ついつでも人情がだいじ、
むっつ紫色よくそめて、
七つなにより稼《かせ》ぐがだいじ、

旧正月が過ぎると平坦地へ行き、家へ帰るのは5月になってからだった。
（文及び肖像画『上毛篤農伝』より）

八つ山には草木がはえる。
九つ子供にゃ学校がだいじ、
十でとっちんがら、
　山ちんがらこっちんがら、おこしにひとまき十三七つ、
　ちょいと一貫《いっかん》かしました。

雨降りで田畑の仕事が休みのようなときには、子供と一緒に母親たちも出張の宿に顔を見せた。そうすると、「ホトトギス」や「食わず女房」などの昔話をいとが語って聞かせていた。ホトトギスの話は兄弟愛を、食わず女房は欲深のいましめを語る話だった。紺周郎は妻のいとを馬に乗せて村中《むらなか》を歩くのを、初めの頃は恥ずかしいと感じていたようだったが、そのうちに気にするふうも見せなくなった。歩きながら紺周郎が小諸馬子唄をうなることもあったし、いとが鞍の上で春駒《はるごま》の謡《うた》いを聞かせることもあった。二人はどこへ行っても仲睦《なかむつ》まじい夫婦として多くの人々から頼りにされていた。しかし、背嶺峠、千貫峠を越える紺周郎の脚力《きやくりよく》は日ごとに失せていた。

紺周郎がいとともに横野村方面へ出かけたのは明治十五年の秋が最後で、その後はいとがひとりで馬に乗って出かけるようになった。沼田の原町の荷鞍屋が、
「女衆《おんなし》が鞍を使うときは、必ず手綱を誰かが持つようにたのんますよ」
と言い、そのことは、紺周郎からいとによく話してあったはずだったが、いとはいつのまにか麻の手綱を二本にして男衆《おとこし》同様にひとりでたくみに馬をあやつっていた。

平坦地でいとがよく使った宿は、敷島村津久田の狩野縫次郎の家と長井小川田の大畠

喜一郎の家だったが、利根川を渡って西になる中郷村《なかごう》の後藤伊三郎や上白井の荒木光吉、長尾村横堀《よこぼり》の飯塚金次郎の家に泊めてもらうこともあった。金次郎の家は三国街道一里塚のすぐ近くにあって、紺周郎が懇意にしていた中山本宿《ほんしゅく》の平形亀三郎の家を訪れるときにも都合がよかった。

いとは、男まさりともいえる旺盛な行動力と探求心に恵まれていた。廻って行くと、蚕体の様子を見て世話の仕方を指示したり、埋薪《まいしん》による梅雨時《つゆどき》の屋内暖気《おくないだんき》の保ち方など、教えることは多岐《たき》にわたった。いとが廻って行くのを村の子供たちは待っていて、自分で作れるようになったお手玉で一緒に遊んでもらえるのを楽しみにしているのだった。

紺周郎もそうだったが、いとも指導料は取らなかった。ただし勝保沢での様子を記している三浦文書によると、「…養蚕指導料は申し受ず御礼として各自紙に包みて差出したる思召《おぼしめし》の礼物を申受るなり…」とあるので、全くの無報酬とは言えないかも知れない。

明治十六年の四月、紺周郎は県ならびに郡からの委嘱による見廻り役を返上することにした。沼田の恒例の観音様の祭りは四月十八日で、この日に志ちと文作が連れ立って出かけて滝棚《たきだな》の事務所をたずねた。そして紺周郎がしたためた辞職願いを鑑《かがみ》にして、長く預かっていた辞令書を係の人に渡した。県からの委嘱状も北勢多郡からの委嘱状も一括してこの事務所で受け取ってもらえた。石原郡長がちょうどいて、

「紺周さんの体の具合はどうかね。一度出かけてもらえるとありがたいんじゃが」

と言った。文作が、

「馬をつかえばなんとか…」

と答えると、

「そうかそうか、馬っちゅうてもあるなぁ」

と言ってから、

「少ないが、これで味噌饅頭でも食って行っとくんなさい」

と言って拾銭《じっせん》銀貨を志ちにくれた。石原郡長は明治十四年から利根と北勢多の郡長を兼任していて、紺周郎とも気心の知れた間柄《あいだがら》になっていた。

二人は下之町の東見屋で、その銭《ぜに》で味噌饅頭をほおばったが、拾銭の味噌饅頭は二人では食べきれず、へぎ包みにしてもらって志ちが風呂敷で襷《たすき》に背負って帰った。しかし石原郡長が、なぜ、父に一度出かけてもらえるとありがたいと言ったのか、そのわけは分からなかった。このことを二人が父に話したが、紺周郎にも分からないらしかった。

＊　　＊

紺周郎は、委嘱の辞令書を返すと急に疲れが出たらしく、日中は庭に面した縁側に寝転んで、少年の頃、祖父の作左衛門が買ってくれた論語などを読んで過ごしていた。県と郡、二つの役の重荷は相当なものだったと過ぎてみて思えるのだった。妻のいとも、夫の仕事が終わると自分の仕事も終わりになったことに気づいた。県や郡から委嘱を受けていたのは夫であって、夫が無役になると併せて自分も役なし同様になっていたのだった。

ところが、すっかり暇になったかというとそうでもなかった。針山新田と花咲地域の田植えは六月の半ば過ぎに終わるが、その頃になると、稲藁《いねわら》を敷いて蚕を数匹入れた小箱を抱えて千貫や背嶺峠を越えてくる人々の姿が目立つようになった。紺周郎に蚕体《さんたい》を見てもらうためにはるばる峠を越えて来た人々だった。

紺周郎は病蚕《びょうさん》とみればこれを治す飼育法を教え、健蚕《けんさん》には、「良く育っている、世話の仕方がなかなかいいようだ」などと言ってほめたりしていたが、金銭によるお礼は受け取らなかった。紺周郎にすれば、やめた後になっても自分を頼って来てくれることがありがたかった。丈夫なときに歩いた村々の様子や、その後の人々の消息《しょうそく》を聞けるのが何よりの楽しみだった。妻のいとも、自分が訪れてともに過ごした女衆や子供達の成長の様子を聞くのを楽しみにしていた。

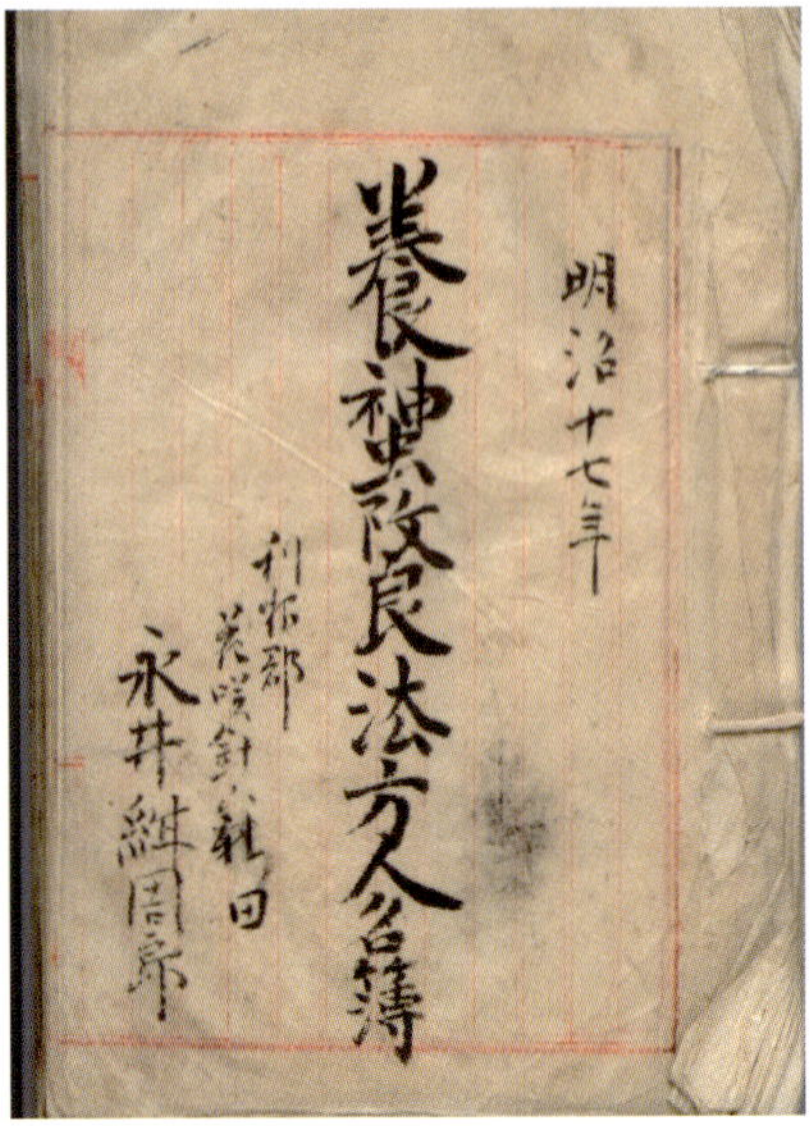

養蚕改良法方人名簿

明治十六年には、紺周郎が見廻り役をやめたとは知らず、時期になればいつものようにひょっこり現れるはずだと思っている人が多かった。それで、あてがはずれて困った人も少なくなかったらしい。

紺周郎は、この頃とみに物忘れも多くなったので、誰がいつ針山新田まで足を運んでくれたかを知るため、来訪者に名前を書いてもらうことにした。

表紙は明治十七年として題字を『養蚕改良法方人名簿』と記し、左下に利根郡花咲

針山新田永井紺周郎と書いた。この名簿用の冊子を作ったのは明治十七年の正月で、これを妻のいとや家族に見せてから、

「これからは座敷にあがってもらって、この名簿に記帳をしてもらい、わしか門人の誰かが飼育の改良法方を説いてから二分焚きの飯を食ってもらうことにしたい。煮焼きの世話は後ろの弓太郎と隣の熊治郎のかかあにも頼んである」

と言った。このことはすでに妻のいとと相談が出来ていることだった。当時の針山では二分焚きは米二分に粟《あわ》か稗《ひえ》が八分のことだった。

これまでの文書のほとんどは針山新田としていたのに、なぜ花咲針山新田としたかというと、片品村を行政区として分割するに際し、花咲と針山新田を併せて片品村の第三区として位置づけることになったからである。

年が変わって明治十七年になった。この年最初の来訪者は、利根郡上久屋村《かみくやむら》の人たちだった。二月十六日のことで、名簿の順に上げると、金井登之助、染谷武兵衛、金井勝左衛門、松永権右衛門、松永源左衛門、松永百蔵、勝見勝治郎、吉野種治、田村甚五左衛門、染谷藤右衛門、椎原伝之助、川田佐太郎、岡田金五郎、川田繁蔵、松永元蔵、川田庄之助、勝見徳治郎の全部で十七名だった。

名簿の最後に勝見徳治郎の名があるが、本書の「県令の呼び出し」の項で前橋と上大屋《かみおおや》まで紺周郎に同道した人である。

二月半ばというと針山では最も雪の深い時期であるが、上久屋村の人たちにすれば農閑期で、他所《よそ》へ出かけるには都合のよい時期になる。古語父《こごぶ》から萩室《はぎむろ》へぬけて川場の湯

原へ、そして木賊《とくさ》から千貫あるいは背嶺の峠の粉雪を蹴たてて針山まで来たのである。上久屋村の人々の胸には、今年こそいい繭を沢山穫《と》るぞという思いがふつふつとしていたものと思われる。

その翌日の十七日には今度は吹雪の中を硯田《すずりだ》の片野半助、片野喜治、片野藤作、恩田《おんだ》の根岸丈七、根岸才作の五人が見えた。硯田と恩田は利根川沿いに隣り合っている薄根村の小字だ。さらに同じ月の二十一日に町田村の西山伝左衛門ほか七人、また同月二十四日、北勢多郡長者久保《ちょうじゃくぼ》の町田新八ほか八人も見えた。長者久保は赤城山麓北面の村である。二月の来訪者は全部で三十九人に上った。

来訪者は昼飯弁当として味噌むすびや焼き餅などをガズ（筍《たけのこ》）の皮などに包んで持って来た。湯気のたつ味噌汁をふるまうと喜んでくれた。また、金銭による謝礼は紺周郎が取らないことをすでに知っていて、米所《こめどころ》の硯田や恩田の者は玄米を、その他の地域だと大豆や小麦などを入れた布袋をみやげ代わりなどと言って仏壇の前に置いていた。

これは後の話になるが、これらの穀物は、夏場になって養蚕の実習を受けに来る者へのこじゅはんの材料などになった。

三月に入って六日に戸鹿野新町《とがのしんまち》の桑原伴右衛門ほか十五名、七日に岩本村の生方新作外十一名、その同じ日に上川田《かみかわだ》村の山田徳之丞ほか十六名も見えた。この日は座敷と中の出居の間の襖《ふすま》を四本とも取り払って入ってもらってから、紺周郎といとが交代で焚き火飼いの端緒《たんしょ》や、上大屋の千貫沼の話などをした。

このようにして、紺周郎と妻いとの話を聞きに来た者は、明治十七年の一年間に三百五十三人に達した。手紙で訪問の日時を報せてくる者もあったが、突然来る者も少なくなかった。また午前に来る者、午後に来る者、これもまちまちだった。しかし、どのような来方をする人に対しても粗末にはしなかった。

　ところが、多くの人々が訪れてくれてはいるものの、紺周郎の心には、なぜかもの足りない思いが残った。これまでは、県や郡からの委嘱《いしょく》があったから、その方針にそって最善を尽くせばよかったが、これからは、自分たちの責任において、何事も進めなければならない。言わば行き当たりばったりのような取り組み方では、飼育方法の改良を標《ひょう》榜《ぼう》する永井流本来のものではなくなってしまうのではないかという心配があった。

養蚕講話中の紺周郎像
（上大屋の山口藤吉により制作）

　龍海院《りゅうかいいん》の中庭を背に楫取《かとり》知事が言った、

「紺周郎殿の養蚕飼育改良法、今後は永井流の名に於いて大いに広めて頂くようご期待致し申す」

　この言葉がときどき紺周郎の心に浮かんでいた。思い出話を語るだけでは、長続きはしない。自分といとは、屋内《おくない》を温暖にしてお蚕を飼うことのだいじなことを発見したが、付随《ふずい》して多くの改良方法も見つけた。それで名簿の表紙に「改良」の文字を使っている。改良が永井流養蚕方法の命と言えるかもしれない。これからも絶えず改良法方の発見に取り組むことを忘れてはならないだろう。

一つの発見に満足して安住するのではなく、常に改良を心掛けることだ。そのためには、ひとりの発想ではなく、傳習所という組織をつくって、多くの人々の発想をだいじにしながらこの永井流を推し進めることが肝要《かんよう》ではないか、こんなことを思いながら明治十七年が暮れた。

## 二十三、養蚕傳習所が開設

紺周郎といとはその後も、訪れて来る人々の応対に余念がなかった。紺周郎は杖をつきながらではあったが、春先になると座禅草《ざぜんそう》の咲く岩下《いわした》のコゴメ林や、そのすぐ上《かみ》の岩《いわ》屋《や》の蚕稲荷様《かいこいなりさま》などへ来訪者を案内したりしていた。

ここの稲荷様にはおびゃっこ様と呼ぶ赤土焼きの狐《きつね》の人形が沢山納められていて、この中から一つを借りて家の神棚に飾り、翌年は新しいのを

㊤今も残るたくさんのおびゃっこ
㊦蚕稲荷の大鳥居（岩下の参道）

添えて返すとお蚕が当たるという風習が続いている。狐のかたちなのに様《さま》づけで呼ぶのはおかしな話であるが古くからそのように言われている。

明治十八年の正月、紺周郎は、訪れた人々に、養蚕傳習所の開設について意見を聞いた。緑野郡《みどのぐん》高山村の高山長五郎が、以前は「高山組」と言っていた養蚕の研究組織を「養蚕改良高山社」という傳習所名にして開設したという情報はすでに渋川町や沼田町近辺《きんぺん》の人々の耳には入っていた。特に蚕種商や糸繭商を通しての情報には早いものがあった。それで、焚き火飼いあるいはいぶし飼いとも呼ばれている永井流の傳習所も開設が待たれるという声が少なからず聞かれていたのだった。上大屋《かみおおや》と勝保沢《かつぼざわ》の違作の改良は永井流があったから実現したことで、他の方法ではどうにもならなかったということは、多くの人々が知っていたのだった。

桑の巨木に平坦地の人々は驚いたとのこと。埋薪法に利用された　（針山）

開設に反対の声はなかった。紺周郎は、みんなに養蚕の傳習所が出来て良かったと思われるようにしたい、だから、どのような傳習所にすればいいか、忌憚《きたん》なく聞かせてほしい、これが紺周郎といとの門人たちへの希望だった。

明治十八年の立春過ぎ、紺周郎は傳習所の開設願いの作成にとりかかった。まず考えたことは、傳習所を分散し、わざわざ針山新田まで来なくてもよいように、本所を紺周郎の自宅に置き、支所を川場村谷地と勢多郡敷島村の津久田に置くことにした。本所ではお蚕の飼育時期になれば泊まり込みで実習を義務づけ、しかも三夏《みなつ》の実習修了を必要とし、これを本科生《ほんかせい》と呼ぶことにした。分所には妻のいとや二代目の紺周郎、あるいは別に定めた指導員が巡回して指導に当たることとし、この人たちを別科生と呼ぶことにした。

こうして開設願いの願書が出来上がったのは明治十九年の秋で、紺周郎は武尊《ほたか》神社の猿追祭《さるおいまつ》りの日に東小川の星野喜藤治、越本の笠原丑五郎それに地元鍛冶屋の星野善治郎と星野桂重郎を呼んで目を通させた。そして、みんな読み終わったところで各自に感想を聞き、若干の手直しをしてから、十一月内《うち》に県知事宛て文書として沼田にある利根郡事務所に提出した。

＊　＊

師走に入ると間もなく、県庁から紺周郎宛てに封書が届いた。開いてみると、伝習所の設置認可の通知ではなかった。

要旨は修正を要しないが、別紙規則書については、一部修正を要するという返事だった。その理由として、時代の推移により、養蚕傳習所も義塾の性格を脱し、一経営体としての機能を以て維持、運営されるべきである。ご貴殿の規則書にも執るべき条項は少なくないので、今後、認可の見込みであるから、さらに検討を期待するというものだった。そして、末筆に、日頃のご貴殿のご労苦に厚く御礼申し上げます、と記されていた。

要旨というのは開設願いの冒頭に記した十行ほどの文で、日頃の思いを述べたものだった。その要旨の修正を要しないということは、自分の飼育方法と伝習所の開設について基本的には間違っていないことが認められたと理解して良かった。

年が明けて明治二十年になった。一月十二日は風もなく日光白根の頂《いただき》が雲の上から頭をのぞかせていた。この日は昼餉過ぎに、西群馬郡白井駅の人々が来た。宮下友七ほか十二人で、それに同郡吹屋村《ふきやむら》の小澤孫一郎が一人で加わっていた。千貫峠を花咲に下って、栗生のオキノさんで昼飯弁当をすませてから来たとのことだった。孫三郎は、

「吹屋村の久保田善平ほか十二人は明日訪《おとな》う予定であり申すが、都合により、今日《きょう》は吾れ一人参上致し申した」

と言った。オキノさんというのは千貫峠下の木賃宿のことで、峠越えなどで遅くなった人を泊める安宿のことである。裏手に大山桜の老木のある宿として知られている。

孫三郎が告げたとおり、翌日は吹屋村の十三人がやはり昼餉過ぎ早々に来宅した。そして、吹屋村の人たちとほぼ同時に西群馬郡横堀村の佐藤善一郎ほか四名が到着し、同時に西群馬郡南牧村《なんもくむら》の茂木谷五郎ほか十名と同郡北牧村《きたもくむら》の島田喜七ほか八名も到着した。南牧村は吾妻川右岸の渋川町に隣接した村である。また北牧村は吾妻川をはさんで南牧村の対岸の村である。これらの村は、紺周郎が弱って辞令を返すまでの間、妻のいとが馬に乗って巡回した地域だった。それで、縁側から座敷に上がって、挨拶する者の多くが、

「おっ母ぁも、くれぐれもよろしくと申しておりました」

などと言っていた。この場合のおっ母ぁとは女房のことである。いとはその言葉を聞

く と、子持山の麓の村々で知り合った人々のことを思い出して懐かしさに涙ぐんでいた。

この日は全部で三十八人になり、去年の三月のとき同様に、座敷と中の出居の襖《ふすま》を取り払って、茶でのどを潤してもらってから紺周郎が挨拶をした。その日はたまたま穴沢《あなざわ》の星野喜藤治が年始の挨拶に見えていたので、紺周郎に代わって喜藤治が講話を務めた。

紺周郎家《け》を訪問する人々は、農閑期に多く、農繁期には少なかった。しかし、前にもふれたように、紺周郎の家の裏手に沼田会津街道の裏の裏道があるので、ついでに立ち寄るという人も少なくなかった。裏の裏道とはおかしな言い方であるが、宿場をつなぐのが本道で、大水が出て本街道の橋が流されるなどして通るのが裏道、そしてその裏道も崖崩れなどで通れないような時に利用するのが裏の裏道ということになる。しかし、どうでもいい道というのではなく、村の人々にとっては大切な通りだった。

下新田《しもしんでん》生まれの人に高橋不可得《ふかとく》という人がいた。十六歳で名胡桃《なぐるみ》の天台宗大重院《だいじゅういん》十二世の住職を務め、三十一歳で江戸赤坂の氷川《ひかわ》明王院と大乗院の住職も兼ねていた。この人は秩父三峰山《ちちぶみつみねさん》観音院の森林を悪徳業者が払い下げたのを寺社奉行に訴えて取り消させたり、榛名山《はるなさん》東方の秣場《まぐさば》騒動のときに大総代を罪から救うなど、正義感が強くしかも世間への影響力に富む人でもあった。

紺周郎が五十三歳で諸役の辞令を返上したとき不可得は七十九歳の高齢だったが矍《かく》鑠《しゃく》としていて、会津へ行くついでだがと言ってときどき針山新田の家に立ち寄ってくれた。そして、文作が仕込んだどぶろくをうまいと言ってぐいぐいとあおってから、文作に墨をすらせて、座敷や出居の襖《ふすま》に、万葉集の歌などを書きつけてくれた。

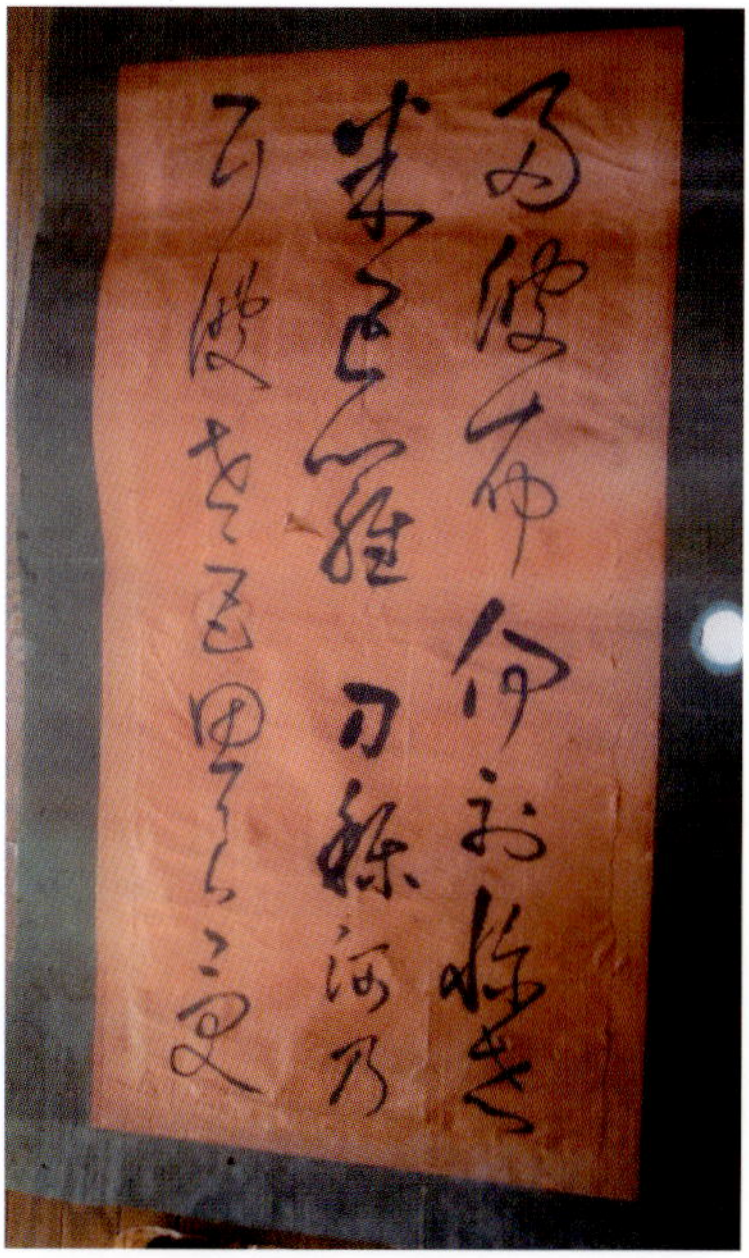

不可得が襖に書いた
万葉集歌「刀祢河乃…」

「わりゃぁ、百姓の稼ぎを値切って繭でおお儲けをするやつぁでっきれえだ。矢でも鉄砲でも持ってこいってんだ」

酔いがまわるとそんな啖呵《たんか》を聞かせる人で、紺周郎にとっては心の師とも言える人だった。翌日は早々に会津を目指して去って行ったが、紺周郎は脚力の弱った自分に代わって、

「いいか、三平坂峰でも沼山峠の向こうの檜枝岐《ひのえまた》まででも和尚様を送ってこい、ゆっくりでいいからな」

と言って文作に送らせた。

文作の郷里は土出村《つちいでむら》の新井《あらい》である。新井は会津街道の宿《しゅく》の一つである。せっかく行くのだから実家でゆっくりしてこいという意味であろう。いとと志ちが早起きをして赤飯を蒸かした。重箱につめて萩原の太平爺さまへと言って文作に持たせた。

紺周郎はこの年の春、天王ザクラの花びらが母屋の屋根にも庭にも吹き寄せる五月四日に一生を終えた。日差しが暖かになって、紺周郎は背戸の桑倉の前の土手にみながわ筵《むしろ》を敷いて、うつらうつらと日向《ひなた》ぼっこをする日が多くなっていた。小川をはさんで村の共同水車が油のきれたような音をたてて回っていた。

小川の向こうの天王ザクラは二、三日前が満開で今は南側の枝が葉桜になり、北寄りの枝が大山桜独特のやさしい色合いを見せていた。しかし、桜を眺める人といえば水車を使う村の者か、向こう山の峠を越えてくる会津裏街道の旅人くらいだった。

紺周郎の枕の下には、永井流養蚕伝習所開設願いの下書きがいく重にもたたんで残されていた。県庁から指摘された、経営として成り立つ組織体としての伝習所になるように修正を繰り返した筆の跡が各所に見られた。それは、蚕種が買えなければ買い与え、指導料を求めることもしなかった義塾の形を是《ぜ》とする紺周郎の生き方とは異なるものがあった。なお、今度の開設願いには実習棟の図面も添えられていて、その図面には棟《とう》梁《りょう》星野喜藤治の文字が読まれた。

いとが喜藤治を呼んで、この図面について質すと、

「開設願いに添付するとは知りませぬが、初代の生存中、どのような実習棟が良いかは訊《き》かれたことがあり、自分の考えを述べたことがありました」

と答えた。いとが続けて、

「棟梁と言えば建築の親方だが…」

と訊くと、

「やれると思います。門人でえ（の人たち）に助《す》けてもらえればの話ですが…」

「他所《よそ》の実習棟など、見たことは…」

「はい。島村の弥平どんのも、高山の長五郎どんのも…」

「それで…」

「さすがと思いました」

「……」

「でも、永井流には永井流の良さがあると、改めて思いました」

「島村の清涼育とも、高山の清温育にもないものが…」

「そうです」

「それは何ですか」

「はい、それは一《いち》にとっつきの易さ、二《に》に長続き、三《さん》に誰でも出来る、この三つではないかと…」

いとは喜藤治からこの話を聞いて改めて永井流の長所を知った。夫の紺周郎は、他の飼育法と比較して優劣を言う人ではなかった。しかし、喜藤治の話を聞いて、いぶし飼いというやや揶揄《やゆ》的《てき》な愛称で呼ばれている永井流について改めて理解できたような気がした。それで、この村にも腕のいい大工は少なくないが、紺周郎の養蚕方法をよく理解している星野喜藤治を棟梁に選んだ夫の気持ちが分かったのだった。

なお、星野喜藤治が実習棟建築の棟梁になったことについては次のような話もある。

明治八年頃のことであるが、喜藤治が戸主《こしゅ》になってから穴沢の母屋が貰《もら》い火《び》で全焼した。貰い火というのは類焼《るいしょう》のことで火元ではなかったということである。喜藤治は、母屋は家込《やご》みから離れたほうがいいと言って、元の場所から離れた畑中に今の母屋を建てた。それも、若い頃大工仕事の手伝いをしていた経験から、持ち山の材木を使って自分で建ててしまった。しかも、養蚕の師匠の紺周郎の家と同じものを造ると言っていたが、本当に誰が見てもそっくりなものを建てたという。

ところが、それから五年ほどして喜藤治は、勝保沢地域の指導から戻ると、正面の屋根を少し変えた。二階に明かりを取り込む造りで、赤城南面《なんめん》地域《ちいき》の良さを取り入れた屋根形にしたのである。紺周郎は、喜藤治の建てたこの母屋を見て、実習棟を建てるときは喜藤治に任せるのがいいと思ったというのである。とにかく、実習棟を建てるについては喜藤治が重要な役目を果たしていたことは間違いないであろう。そのとき喜藤治の建てた母屋は今もそのままの姿で残されている。庭先には針山で建てた蚕屋（実習棟）と同じものを建てたが、民宿にしたいという人に請われて譲ってしまい、今は畑地になっている。

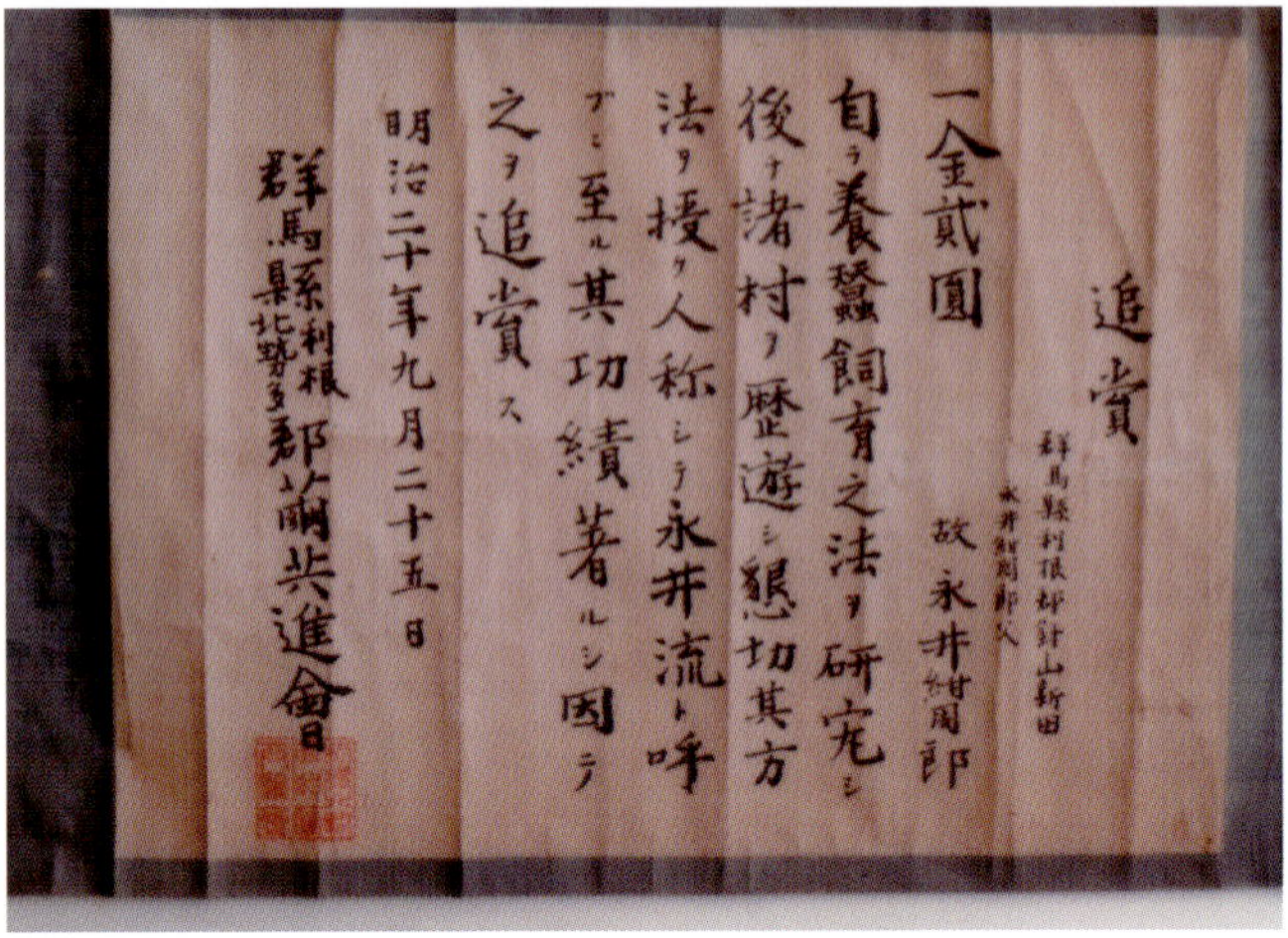
追賞
故永井紺周郎
一金貳圓
自ラ養蠶飼育之法ヲ研究シ
後チ諸村ヲ歴遊シ懇切其方
法ヲ授ケ人称シテ永井流ト呼
ブニ至ル其功績著ルシ因テ
之ヲ追賞ス
明治二十年九月二十五日
群馬縣利根北勢多郡繭共進會

紺周郎に贈られた追賞状

明治二十年九月二十五日、群馬県と利根郡ならびに北勢多郡は繭共進会《まゆきょうしんかい》の名で故紺周郎に追賞《ついしょう》状《じょう》を贈った。金《きん》子《す》貳《に》円が添えられていた。紺周郎の生前、志ちと文作が、委嘱状《いしょくじょう》を返しに利根郡事務所に行ったとき、石原郡長が「一度出かけてもらえるとありがたいんじゃが」と言ったのは、後任についての相談のことでもあったのかと、これは妻いとの述懐《じゅっかい》である。

紺周郎の残した願書の下書きは、妻のいとと二代紺周郎を襲名《しゅうめい》した文作が仕上げて明治二十年十二月二十二日の日付で永井紺周郎の名で提出した。そして、翌年の二月二十五日付で許可になった。

＊　　　＊

上州北辺《ほくへん》の、どこの村でもどこの家でも似ているが、農家の囲炉裏をかこむ場所には暗黙《あんもく》のうちに指定席のようなものがある。別に相談で決めるわけではないが、自然とそうなるのである。

紺周郎が亡くなると、台所の囲炉裏についていえば大黒柱を背にした座に二代目の紺周郎の文作が座《すわ》る。土間をへだてて厩《うまや》のよく見える場所である。また、これまでいとの座っていた所に志ちが座る。鉤《かぎ》だけにかかっている鍋や焙烙《ほうろく》などの手近な位置で料理番に都合のいい場所である。子供達はきじりと呼ばれる火燃し係の場所か土間に近い客座に座り、客が来るときじりなどに移る。ところがこのままだと祖母になるいとの居場所が見あたらないが、この場合は主婦の志ちと並んできじり寄りに座るのが一般的である。なお、きじりとは薪をほど中（燃えている所）へ入れたとき薪の尻が向く場所のことである。

どこの家でも囲炉裏の場所については暗黙のうちに似たような習慣がある。ひとりの人間が世を去ると家の中が変わり、そして世の中にも何らかの影響を及ぼす。それは紺周郎家《け》にとっても同様であった。

＊　　　＊

養蚕伝習所の開設が認可になると、壱條《いちじょう》から廿七條まで定《さだ》められた細則を実行に移す義務が生じてくる。この義務と責任は、名目上は二代紺周郎にあるが、実際にこれを推進するのは初代紺周郎の妻いととその当時からの門人たちの肩にかかっていた。

菖蒲《しょうぶ》の節句が過ぎると、いとは下《しも》の方へ出かける用意にかかる。下《しも》というのは平坦地のことである。いままでは夫の紺周郎について行ったので気が楽だったが、こんどは物見遊山《ものみゆさん》気取りというわけにはいかない。夫に教えられていたように、真壁《まかべ》や日輪寺など、桑の葉の早く開く地域を先に、横堀や北勢多の長者《ちょうじゃ》久保など芽吹きの遅い地域は後にする。

子沢山《こだくさん》でおまけに母親が風邪で寝込《ねこ》んでいるというような家もあるので、子守をしてやることもあるし、着物のほころびをかがってやることもある。いとの巡回のしごとは、お蚕のことだけではない。それは夫と一緒に廻っていたときとそれほどの違いはなかった。

そして、いいかげんなことは絶対に教えられないということも前と同じだった。まちがって教えて違作にでもなれば取り返しがつかないし、永井流の養蚕飼育改良法の名にきずがつくからで、これは生前の夫が厳しく言っていることだった。

いとは平坦地で春蚕飼いが始まる五月の末頃から七月半ば頃迄を分教所で過ごす。その費用はすべて自弁だった。初代紺周郎の生前は、県や二つの郡からなにがしかの手当がでていたが、辞令を返上してからは、そういうお金はなかった。それで、本所である針山の自宅で生産した繭の売り上げ代をこれにあてていた。

ところが、このことを心配した分教所周辺の人々が、運営費を拠出するようになったという話も残されている。分教所が閉鎖になれば困るという人々の思いがそうさせたと推察されるが、分教所は安心して養蚕に取り組める飼育法の拠《よ》り所であり、また、母親も子供も集まれる憩いの場でもあったのであろう。分教所が出来てから、その周辺地域の人々の名前が門人加入名簿に多く見られるようになった。

明治二十一年の『春夏秋蚕養蚕改良法方人名簿』によると、まず初めは、群馬郡白郷井《しろさとい》村大字中郷《なかごう》後藤甚平ほか十五名。群馬郡長尾《ながお》村大字横堀《よこぼり》小野喜代三ほか十五名。群馬郡長尾村大字北牧《きたもく》牧彦根ほか七名。群馬郡長尾村大字吹屋《ふきや》桑原善十郎ほか八名。群馬郡長尾村大字白井津久井甚造ほか十四名。群馬郡白郷井村大字上白井荒木富太郎ほか八名等は津久田《つくだ》の分教所に近い利根川以西の地域の人々である。

そして、勢多郡横野《よこの》村大字宮田《みやだ》狩野馬八ほか十四名。勢多郡北橘《きたたちばな》村大字真壁《まかべ》木暮卒之助ほか八名。同郡八崎《はっさき》村須田茂八ほか六名。同郡宮田村諸田宇平ほか九名。同郡北上《きたうえ》野《の》村斎藤久作ほか二名。同郡滝沢《たきざわ》村諸田松三郎ほか二名。同郡上三原田《かみみはらだ》村高橋清治郎ほか七名。同郡三原田村永井伊三郎ほか十八名。同郡米野村狩野惣十郎ほか十一名。同郡勝保沢《かつぼざわ》村角田九吉ほか三名。同郡日輪寺《にちりんじ》村木村松太郎ほか七名。同郡飯土井《いいどい》村原島桂蔵ほか五名。

以上は敷島村の津久田分教所に近い利根川以東の地域の人々である。日輪寺や飯土井地域は近いとは言えないという見方もあるが、蚕体をみてもらいに針山新田まで行った人もあると思えばなるほどという思いもするのである。

＊　　＊

　次に利根郡川場村谷地に置かれた分教所について見ると以下の様である。利根郡中発知《なかほっち》村木村伝左衛門ほか十八名。利根郡門前《もんぜん》組宇敷平治郎ほか三名。同郡生品《なましな》村松井道左衛門ほか四名。利根郡上発知《かみほっち》村斎藤作左衛門ほか九名。同郡下古語父《しもこごぶ》村荒木浦吉。同郡湯原村星野嘉重良ほか八名。同郡谷地《やち》村吉野六左衛門ほか四名。同じく谷地村関常五郎ほか九名。同じく湯原《ゆばら》村佐藤藤右衛門ほか三名。下古語父村吉野嘉三郎ほか六名。同郡井土上《いどのうえ》村星川金次郎ほか十三名。同村上組《うわぐみ》石田惣右衛門ほか二十一名。

　以上が川場村の谷地の分教所の最寄《もよ》りの地域の村々であるが、これは明治二十一年のみの記録で、このあと分教所が閉所になるまで続いて利用されているのである。

　いとは紺周郎ばあさんと呼ばれたほか、蚕の医者様とも呼ばれていたと伝えられている。上州北辺の田舎《いなか》育ちの女性のどこにそんな器量《きりょう》があったのか、不思議としか思われない。しかしそれがあったのである。それは、三浦幸三郎の遺した文書に多くみられた。

「蚕病の一部予防法の事、先づ蚕児鑑定《かんてい》の上冷湿気寒湿気《れいしっきかんしっき》より生じたる病蚕にして関節一より三四迠青黒色となりたる者及空頭蚕頭部黄色に透明したる者は左記の方法にて予防をなすべし。蚕病予防の時期は四齢三ヶ月迠とす。其後は効果なき者とす。蚕室開放なし空気の流動自在になすこと。室内中央に炉を設け焚き火にて燻烟《くんえん》消毒をなすべし。

　蚕室内の温度は華氏八十五度位（蚕児二三齢なれば八十度位）にして籠は上下左右に時々差し替へ籠中《かごじゅう》平均に乾燥する様に注意し、蚕体の関節青黒色か青白色に変化なし又空頭蚕の黄色に透明したるも変化なして無色となる蚕児快復するにより次第次第に運動を開始する者とす（此の運動は病の軽重《けいちょう》により快復時間に長短《ちょうたん》あり注意すべし）。十中の六七運動する蚕児を見究めたる時に給桑すべし。

此の給桑は多量になし次回給桑の時翌朝二分位残《のこり》の有る様になすべし。但し桑不足なる時は膿蚕に変化することあり。総て蚕病予防は夜間低温なる時になし日中高温なる時は効果薄し。

次回給桑翌朝に至り前回の如く　焚き火をなし蚕児十中《じっちゅう》の八九《はっく》運動なす時に給桑すべし。此の法は二晩直《ふたばんなお》しと称し蚕児損所《そんしょ》なく全部健蚕となるなり。是《これ》永井流の秘法《ひほう》なり。蒸湿気《むれしつけ》に依り発病したる病蚕と頭部赤く透明したる空頭蚕火力を使用すべからず此の療治法は冷風の流動宜敷《よろし》き場所に置き蒸湿気蚕は蚕体がしまり健蚕となり若し変化なしても食力薄弱なれば火力を使用すべし。

蚕病の予防法は沢山あれ共実物鑑定の上にあらざれば詳細は筆紙《ひっし》に尽し難し」

［註］句読点のほかは原文と同じ。「なし、なす」は為し、為すの意。

右は、『永井流養蚕術伝記』からの抜粋《ばっすい》であるが、内容は多くの門人が読んでも矛盾《むじゅん》がないように書かれているという。このように蚕の生体《せいたい》に即しながら治療法を究《きわ》めようとする態度が「蚕の医者様」という感じに人々の目にうつったのかも知れない。ただし、このことは、いと一人にとどまらず、永井流が持つ進取《しんしゅ》の性格から出ているものと推察される。「いぶし飼いは田舎学問《いなかがくもん》だ」と言われるのを嫌《きら》ったのかも知れない。門人入澤啓治郎が星野喜藤治と共に西ヶ原の東大の蚕業研究施設《しせつ》に視察に訪れていることもその一例であろう。県知事の要請で、紺周郎が県庁に招かれたとき、「…永井紺周郎は、蚕学者としては学問深からざるも…」という指摘を受けているが、この評を克服して面目《めんぼく》躍如《やくじょ》の観を受けるのである。

いとは敷島村津久田の支所で明治三十一年二月、養蚕講話中に倒れた。

「…第一に蚕体の皮膚の厚薄《こうはく》を見定め、第二に蚕体の姿勢を見定め、第三に蚕体の血色を見定め、蚕体の健康なるか病蚕なるかを判断するものとす。第一に蚕体の皮膚は蚕室内の気候の関係により厚薄するものとす。気温温暖にして乾燥《かんそう》なる時は厚く強くなる事、是れに反して気候湿気室なる時は薄く弱くなること…」。

いとは横たえさせてもらってからもうわごとのように、養蚕の講話を繰り返していたという。幸運にも初めの発作では一命をとりとめ、針山新田の自宅に帰ってから六年後、明治三十七年八月二十四日、秋蚕《しゅうこ》の上蔟がすむ頃に六十九年の生涯を終え、夫紺周郎の居る所へ旅立って行った。

いとは動けなくなると、自分の講話が中途で終わっていたのを気にして、東小川の門人星野喜藤治に講話の続きと実地指導の巡回を頼んだ。喜藤治は、津久田と子持地域の養蚕が完了するまでこの地域を巡回して村々の豊繭《ほうけん》に尽くした。

横堀の人々は明治四十四年四月十五日、永井いとと星野喜藤治の遺徳《いとく》を偲《しの》んで、村中《むらなか》の一里塚の欅《けやき》の木の根元に「永井星野蚕師報恩碑」を建てた。

その碑のすぐ前を南北に三国街道が通っている。いとが夫と共に馬に乗って利根川を渉《わた》り、権現《ごんげん》峠越えで中山宿に出て、そこからさらに子持山と小野子山の間の峠を越えて、はるばるこの村に来たその道であった。

終わり

## 【資料一、養蚕伝習所の組織】

明治二十一年ヨリと表書きされた「春夏秋蚕改良法永井流門人加入簿」には新組織と目《もく》される記録が見られる。

「永井流教示員」笠原丑五郎（越本）、三浦幸三郎（幡谷）、星野熊治郎（御座入）、高山妻造（花咲）、星野桂重郎（花咲）、勝見徳治郎（糸之瀬村貝野瀬）、勝見今次（糸之瀬村貝野瀬）、南雲熊八郎（横野村見立）、後藤伊三郎（白郷井）、宮田栄蔵（川場村中野）、高津宇八（白郷井村中郷）

「伝習所役員」木村小金次（南橘村日輪寺）、宮田栄蔵（中野）、勝見徳治郎（貝野瀬）、金子仙次郎（追貝）、井上金次郎（平川）、星野善吉（御座入）、入澤啓治郎（越本）、小野作右衛門（高平）、萩原吾作（土出）、

「伝習所事務員兼役員」星野喜藤治（東小川）、笠原丑五郎（越本）、高山妻造（花咲）、星野桂重郎（花咲）、三浦幸三郎（幡谷）、星野四郎次

※　初代紺周郎の時に永井流の中核的役割を担っていた栗原甚五平、星川金次郎、木村松太郎、大畠喜一郎、星野喜三郎、星野善治郎等は新しい顔ぶれの人に交代している。勝見徳治郎については文久二年の上久屋村の大火で住所が糸之瀬村貝野瀬になっている。

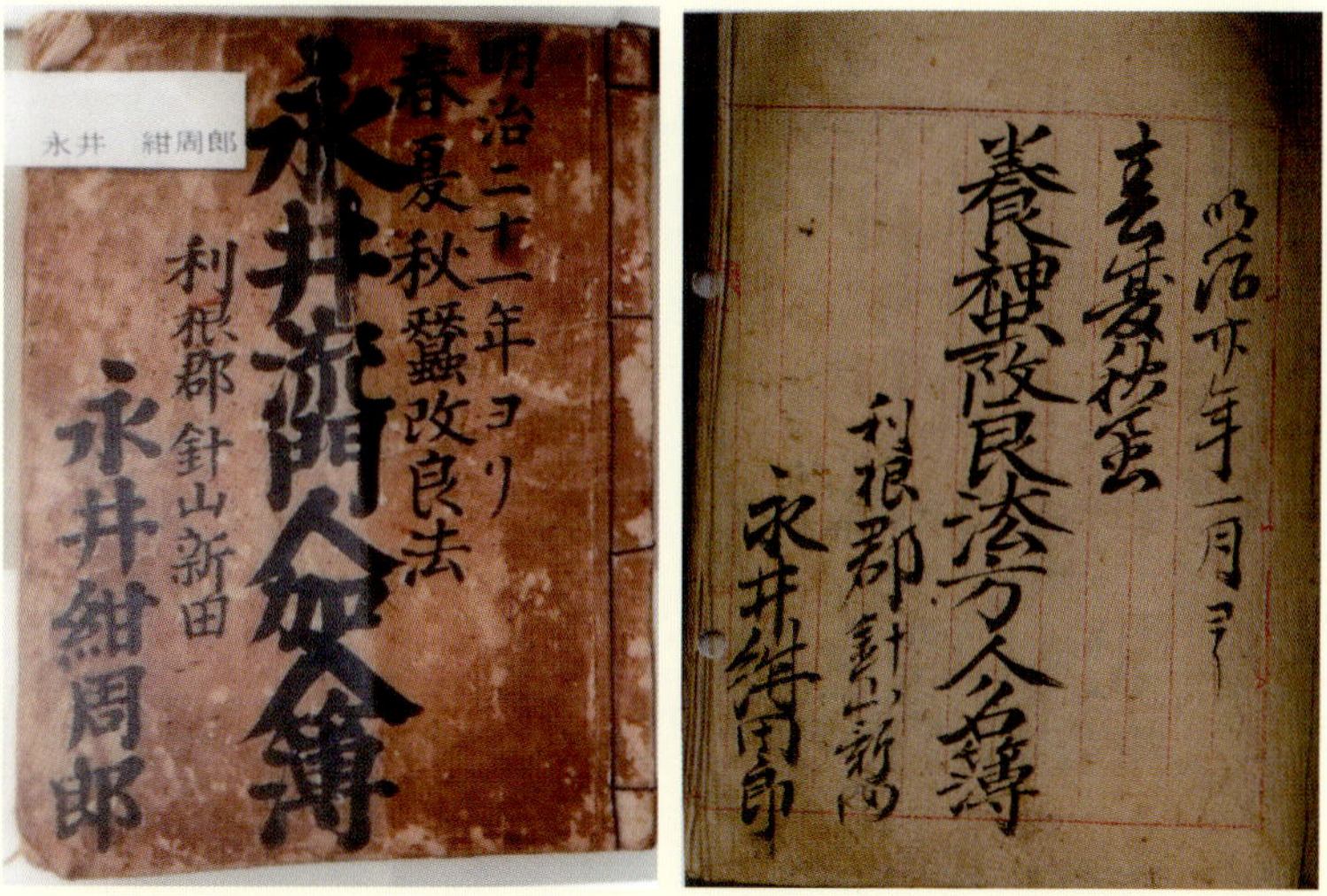


**【資料二、認可後の門人加入簿の表紙】**

向かって右が認可前、左が認可後の名簿の表紙である。どちらも春夏秋蚕とあるので、年《とし》（ひと夏）に三度掃き立てをしていたことが分かる。春蚕だけでなく、複数回の掃き立てをするには、風穴の利用が必要だった。

『利根村誌』によると、明治三十九年六月一日の大霜害のとき、信州安曇郡に風穴があってそこから蚕種を買って養蚕をやり直したというので、この年の霜害は相当広範囲に及んでいたと思われる。

また、初代紺周郎は「門人」あるいは「永井流」の言葉を使わなかったが、認可後の名簿の表紙には使われていることが分かる。

これは、初代紺周郎の遺業を二代紺周郎が継承するに際して述べた言葉に「…別テハ入門ノ便ヲ謀リ修業ニ自由ヲ得セシメンガ為…」という文言があることから、門人の言葉が使われるようになったものと推察される。

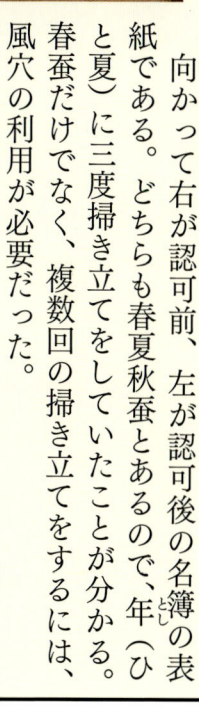

## 【資料三、伝習所の細則】

第壱條当所ノ目的ハ故永井紺周郎ノ養蚕育法ヲシテ永久ニ伝ヘ益々之ヲ研磨シテ廣ク世ニ行ハシメンガ為メ望ノ者ヘ伝習スルモノトス

第貳條当所ハ永井流養蚕伝習所ト称シ利根郡針山新田永井紺周郎宅ヲ以テス

第参條当所事務及ヒ育法教授等永井紺周郎自ラ之ヲナシ其他蚕業習得者中ヨリ役員若干名ヲ挙ク

第四條伝習生ハ男女ヲ問ハズ年齢十七年已上四十年已下タル可シ

第五條傳習生タラント欲スル者ハ住所姓名年齢ヲ詳記シタル申込書ヲ出シ且ツ当所備置ノ簿冊ニ署名捺印スベシ

第六條当所ニ於テハ時季ヲ問ハズ伝習者ノ申込ニ応ズベシト雖モ一ケ年廿人ヲ以テ定員トナスガ故ニ満員ノ上ハ拒絶スベシ

第七條当所教授ハ漸次学理ニ及ボスベキモ当分実地事業ノミトス而メ養蚕季節外桑園培養原種取扱抔《など》養蚕家ノ壱ケ年ニ為ス可キ事項ヲ伝ヘ其ノ季節ニ至レバ掃立テヨリ飼養成繭取扱ニ至ル迠当所ノ流義ヲ教授スルモノトス

第八條養蚕季中伝習生ハ各担任区ヲ定ムベキヲ以テ其区受持ノ役員ニ従フベキモノトス

第九條養蚕最盛期ニ至ラザル内一周間ニ二回各伝習生ヘ飼育法ノ口頭教授ヲ為スベシ

第十條伝習生タル者ハ役員ノ指揮ヲ守

り蚕業ニ従事シ常ニ養法ノ如何ニ注意シ疑義ノ点アラバ之ヲ役員ニ質問シ其方法ヲ研磨スベシ
第十一條伝習生三ケ年間実業ニ従事シ成績著シク且ツ蚕業熱心者ト認ムルトキハ得業証ヲ与フベシ
第十二條三ケ年間ヲ俣ズシテ退所スルモ固ヨリ拒ム処ニアラザレドモ必ズ一ヶ年已上実業ニ従事スベシ
第十三条得業員タルモノハ当所ノ流儀ヲ以テ普ク蚕業家ヲ奨励シ其秘訣ヲ口授スベシ尤モ此場合ニ於テハ当所ノ交附スル処ノ証票ヲ携帯スベシ
第十四条傳習生ハ傳習料トシテ一日金貳拾五銭ヲ出ス可シ但シ時間ノ限リ又ハ通ニテ傳習セントスルモノノ如キハ一日金五銭ヨリ拾五銭迄ノ内ヲ以テ適宜定ムベシ

第拾五條当所ハ傳習料ヲ以テ役員ノ報労金及其他一切ノ経費ヲ支弁ス
第拾六條寄宿傳習生ハ一日金貳拾五銭ヲ出スヲ以テ別ニ食費雑費等ヲ要セザレドモ自己ノ為メ必要ナル費用ハ本人ノ自弁タルベシ
第十七條傳習料ハ毎十日必ス役員ニ納ムベシ若シ不納スルトキハ傳習ヲナサズ当所ノ雑業ニ従事セシムルカ或ハ退所ナサシムル者トス
第十八條当所ノ養方ヲ習熟セントスルモ入所能ハザルモノ出張ヲ請求セバ役員若クハ得業員ヲ派出スベシ
第十九條前条地方出張又ハ巡回教授ノ際宿料ヲ除クノ外別ニ旅費日当ヲ申シ受ケズ
第廿條役員派出先ハ受伝者ノ多少ニヨリ便宜会集メ伝授スルモノトス

第廿一條得業生ニアラズシテ之ヲ偽リ本所ノ名誉ヲ害スルモノアルトキハ其時々官ニ告ケ処分ヲ乞フコトアルベシ

第廿二條役員及得業生ニシテ地方出張ノ際第十九條ノ制限ヲ犯シ多額ノ料金ヲ受ル等ノ所行為ストキハ其役員ハ之ヲ罷メ得業生ハ曽テ交附ノ証票ヲ没収スルモノトス

第廿三條当所ノ養蚕実業ヲ参観セントト望ムモノハ犯人酔客ノ外何人ト雖モ之ヲ許スベシ但シ時宜ニ因リ謝絶シ人員ヲ限ルコト有ベシ

第廿四條参観者ハ住所姓名ヲ記シタル名刺ヲ出すベシ

第廿五條参観者アルトキハ役員案内シ親切ニ説明シ及ビ質問ニ応答スベシ

第廿六條地方巡回教授中参観ヲ望ムモノハ其依頼者ノ意ニ任セ派出員ノ関セザル所トス

第廿七條当所ハ専ラ国本ノ豊饒ナラントスル者ニシテ自己ノ営生ヲ計ルノ旨趣ニアラズ

明治廿一年二月十五日御届

明治廿一年二月二十五日御許可

願人　永井紺周郎

**【資料四、蚕の成長と世話】**

○掃き立て…種紙の毛蚕を刻桑の上に掃き下ろす。この後三日間給桑。

○シジ休み十三時間して一齢から起きる。この後二日間給桑。

○タケ休み十三時間して二齢から起きる。この後三日間給桑。

○フナ休み二十四時間して三齢から起きる。この後五日間給桑。

《蚕室、コバガイ室取り払い》

○ニワ休み四十時間して四齢から起きる。この後九日間給桑。

十日目になると桑を殆ど食わなくなる。

○上蔟（蚕揚げ）八日後から繭かき、毛羽取り、選別、出荷又は乾燥して保存。

※日数は気温により変化する。

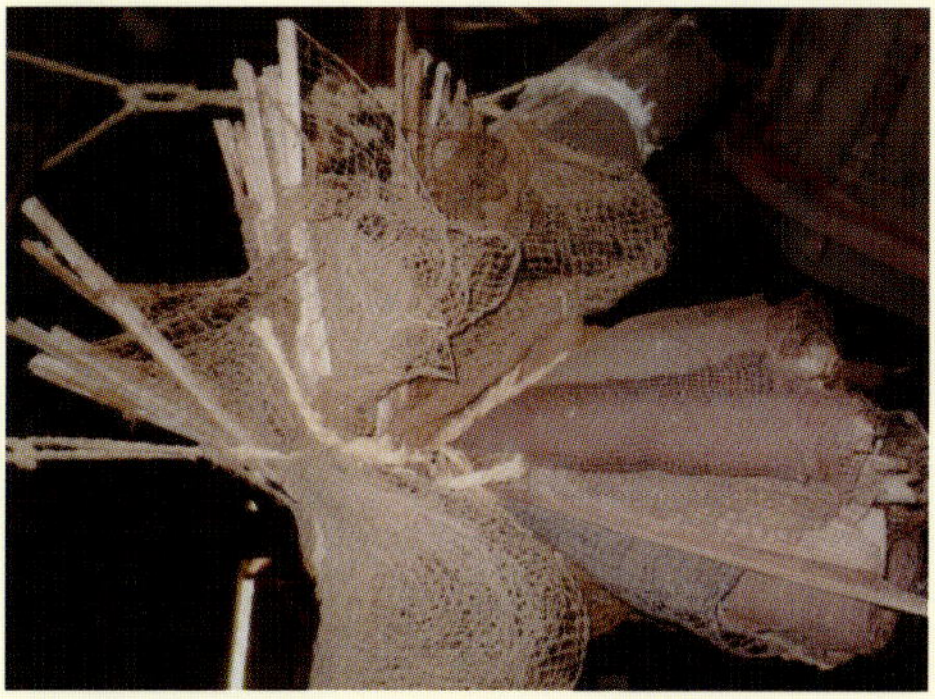

養蚕の仕事を飛躍的にはかどらせたうらとり網

## 【資料五、門下生の居る町村を巡回する伝習所の教示員】

明治三十五年五月のことを、片品村越本の入澤啓治郎が書きとめていた文書である。永井いとの病気静養中のことである。啓治郎は星野喜藤次を誘って巡回指導に出ている。

棚下村→佃（津久田）村→宮田村→樽村→猫村→見原田（三原田）村→上中下箱田村→真壁村→田口村→関根日輪寺村→青柳村→石関村ヲ教授シ夫ヨリ群馬県農事試検場ヲ視察シ又東京滝ノ川村西ヶ原日本養蚕講習所ニ行キ一号室ヨリ順次六号室養ㄏニ病毒迠一々案内ヲ得蚕児ノ実況ヲ視察シ次ニ農事試検所迠視察シ農事試検場一覧貫ヘ夫ヨリ四万温泉ニ浴シ帰宅ス

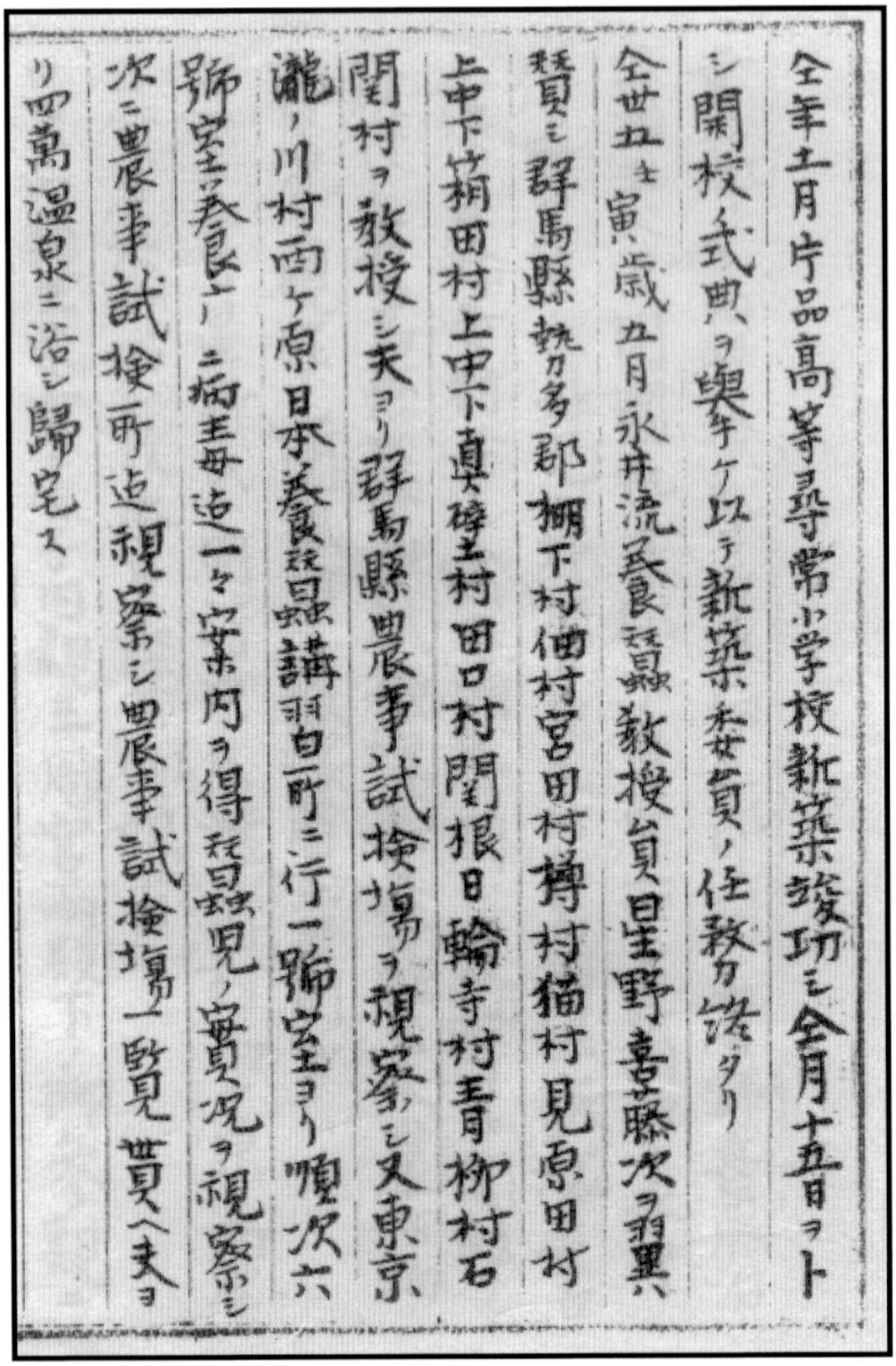
全年五月片品高等尋常小学校新築竣功ニ付全月十五日ヲト
シ開校式典ヲ挙ケ以テ新築委員ノ任務終ダリ
全卅五年寅歳五月永井流養蚕教授員星野喜藤次ヲ誘ヒ
賛ニ群馬縣勢多郡棚下村佃村宮田村樽村猫村見原田村
上中下箱田村上中下真壁村田口村関根日輪寺村青柳村石
関村ヲ教授シ夫ヨリ群馬縣農事試検場ヲ視察シ又東京
瀧ノ川村西ケ原日本養蚕講習所ニ行一号室ヨリ順次六
号室養蚕ニ病毒迠一々案内ヲ得蚕児ノ実況ヲ視察シ
次ニ農事試検所迠視察シ農事試検場一覧貫ヘ夫ヨ
リ四萬温泉ニ浴シ帰宅ス

［註］当時、伝習所の教示員は蚕業部門の最高学府とも言える東京の西ヶ原（東大農学部）へも行って学んでいたことが分かる。

## 【資料六、勝保沢諏訪神社に頌徳の碑を建てた人々（一）】

二代紺周郎
千明弓太郎
小野作右衛門
星野喜三郎
勝見徳治郎
星野作十郎
星川金次郎
大畠喜十郎
栗原甚五平
木村松太郎
星野喜藤治
笠原丑五郎
本木常吉
木暮松三郎
狩野丑五郎
須田　吉造
須田　清作
角田　治平
角田清次郎
斎藤九十郎
星野伝十郎
池田　茂平
須田　弥平
萩原勘五郎
斎藤利忠太

斉田岩次郎
斎藤利三郎
星野　照吉
斎藤房五郎
斎藤定十郎
角田　卯平
木暮　定吉
角田　重造
星野　浅造
萩原栄三郎
塩谷　嘉七
萩原　万吉
大畠栄次郎
小田切仁十郎
塩谷菊五郎
斎藤　瀧造
斎藤　松平
斎藤　熊吉
斎藤　林平
斎藤　唯吉
斎藤　興平
斎藤忠次郎
斎藤　民吉
都丸　仙造
新井　文造

諸田松三郎
諸田七太郎
諸田　栄作
永井　類吉
岩田宇喜造
中嶋儀十郎
森　大心
桑原半次郎
鳥山万三郎
都丸　茂造
南雲熊八郎
渡辺　兵弥
都丸　瀧造
都丸佐五平
都丸利平治
都丸　平七
高橋　金七
高橋　寿作
狩野作十郎
高橋　□松
長岡　栄平
都丸　利平
永井徳五郎
都丸三七吉
都丸　繁造

都丸　長吉
木暮久七郎
高橋　勝造
荒井　安平
永井　万吉
吉原　舜作
永井積十郎
荒井　房吉
石田勘十郎
角田　万作
茂木三代十郎
兵藤熊十郎
茂木　太平
茂木　太造
茂木　□平
茂木　興平
茂木平八郎
茂木　藤吉
茂木　平七
狩野喜一郎
大畠伊三吉
大畠秀五郎
大畠　傳造
大畠　庄平
大畠重次郎

角田　常八
石田　森造
石田清三郎
石田豊次郎
大畠　亀造
石田傳五郎
大畠金十郎
茂木　仙八
石田九十郎
茂木　金七
茂木和太八
堤　和平
諸田　□造
田子　□□
狩野　□□
諸田　佐吉
堀口　伸七
井口　米吉
小林　五郎
近藤　平吉
柴崎　万平
吉田　卯平
柴山　藤助
木暮　武平
生方　善平

生方兵三郎
萩原源三郎
藤木　紋平
小暮　ハル
今井　嘉造
今井忠三郎
山口　領総
萩原清十郎
富岡　磯蔵
高梨甚太郎
根井鍋十郎
根井　齋象
高梨　武平
町田　磯吉
石田　吉平
石田伊三郎
大友　□治
塚田　安造
萩原又四郎
岡村　長作
木暮久次郎
永井　安造
木暮武一郎
小田切藤八
田沼九十郎
萩原作太郎

## 【資料六、勝保沢諏訪神社に頌徳の碑を建てた人々（二）】

（前ページ下段に続く）

斎藤　馬造
都丸忠三郎
入沢　仁作
金井　喜平
堀地新十郎
星野弥藤次
庭山　丑松
茂木琴治郎
木暮　新八
井上吉五郎
発起世話人
町田　元吉
斎藤金三郎
角田関次郎
角田　庄作
斎藤　藤作
斎藤　紋平
斎藤伊十郎
角田保五郎
斎藤半四郎
角田亥惣太

角田　元吉
角田六太郎
萩原安五郎

## 【資料七、横堀の一里塚に報恩の碑を建てた人々】

町田　太造　飯塚廣吉
佐藤　仲吉　石田道五郎
小野喜代三　飯塚　弥市
飯塚儀一郎　吉田　棟作
佐藤源太郎　飯塚譽惣右衛門
荻野　楳吉　荻野惣一郎

## 【資料八、上大屋観音堂に神碣碑を建てた人々】

深沢茂三郎（波志江村）　鹿沼　興市（馬場村）　神沢重二郎（東大室村）
高橋　友吉（八坂組）　山口　勇吉（馬場村）　伊藤　熊吉（馬場村）
高橋新三郎（八坂組）　鹿沼常三郎（馬場村）　堤　弥重郎（馬場村）
小倉惣五郎（八坂組）　山口四方吉（馬場村）　山口　藤吉（上大屋村）
小倉惣次郎（八坂組）　松村清次郎（樋越村）　鹿沼伊譽造（仝右）
阿久津平次郎（八坂組）　松村　安誠（樋越村）　山口　由造（仝右）
阿久津竹次郎（八坂組）　須永　清造（樋越村）　山口松次郎（仝右）
新井　伊吉（安堀村）　須永　歌吉（樋越村）　山口　孫造（仝右）
阿久津喜平（安堀村）　大竹　勝衛（足軽町）　山口久太郎（仝右）
阿久津類造（安堀村）　桑原　半造（新井村）　鹿沼　幸吉（仝右）
桑原　嘉平（新井村）　木暮濱次郎（新井村）　鹿沼源太郎（仝右）
内田　嘉平（二之宮村）　内田彦三郎（二之宮村）　山口幾次郎（仝右）

## 【参考文献、その他・敬称略】


『紺周郎神碣』上大屋、明治二十一年建立
『霊神報恩碑』勝保沢、明治二十九年建立
『養蚕報恩碑』横堀、明治四十四年建立
『永井流養蚕術伝記』門人三浦幸三郎記
『木村松太郎報恩碑』日輪寺境内、大正四年建立
『利根郡誌』群馬県利根教育会編著昭和五年発行
『横野村誌』横野村誌編纂委員会編著昭和三十一年発行
『新治村史料集』三浦浅一郎編著昭和三十三年発行
『薄根村誌』薄根村誌編纂委員会編著昭和三十四年発行
『群馬県史・明治時代』萩原進著昭和三十四年発行
『川場村の歴史と文化』川場村誌編纂委員会編著昭和三十六年発行
『村誌久呂保』久呂保村誌編纂委員会編著昭和三十六年発行
『片品村史』片品村史編纂委員会編昭和三十八年発行
『池田村史』池田村史編纂委員会編昭和三十九年発行
『白澤村誌』白澤村誌編纂委員会編著昭和三十九年発行
『町誌みなかみ』町誌みなかみ編纂委員会編著昭和三十九年発行
『絹の再発見』読売新聞社前橋支局編著昭和四十四年発行

『古馬牧村史』古馬牧村誌編纂委員会編昭和四十七年発行
『高山村誌』高山村誌編纂委員会昭和四十七年発行
『日本の民俗・群馬』都丸十九一著昭和四十八年発行
『利根村誌』利根村誌編纂委員会編著昭和四十八年発行
『金の瓜・上州利根の昔話』柾谷明編昭和四十八年発行
『大胡町誌』大胡町誌編纂委員会編昭和五十一年発行
『多野藤岡地方誌総説編』多野藤岡地方誌編集委員会編昭和五十一年発行
『群馬県多野郡誌』多野郡教育会編著昭和五十二年発行
『小野上村誌』小野上村誌編纂委員会編昭和五十三年発行
『群馬県百科事典』相葉伸外編著昭和五十四年上毛新聞社発行
『上毛篤農傳Ⅱ』（みやま文庫）編集者代表萩原進昭和五十六年発行
『群馬の養蚕』（みやま文庫）近藤義雄編著昭和五十八年発行
『群馬県史』資料編23近代現代七産業1県史編纂委員会編昭和六十年発行
『上野国郡村誌』⑪吾妻郡群馬県文化事業振興会刊昭和六十年発行
『上野国郡村誌』⑫利根郡1（以下右に同じ）
『上野国郡村誌』⑬利根郡2（以下右に同じ）
『片品村の民俗』①～『大間々町の民俗』⑲群馬県民俗調査報告集昭和五十二年まで発行
『群馬県の地名』尾崎喜左雄編著一九八七（昭62）年平凡社発行
『群馬県史』通史編7近代現代一政治・社会平成三年発行

『日本全史』宇野俊一外編著一九九一（昭3）講談社発行
『片品村誌』片品村誌編集委員会編平成二十六年発行
『ぐんまのお寺曹洞宗』①②上毛新聞社編平成十五年発行
『新世紀ぐんま郷土史辞典』群馬地域文化振興会編二〇〇三年発行
『蚕都物語』しみずたか著幻灯社ルネッサンス二〇〇八年発行
『永井流門人加入簿及び二代目紺周郎の養蚕飼育法人名簿記載の地名』ほか
林初太郎編著平成二十七年作成
『波紋のように広がっていった永井流養蚕術』ほか 笠松亮編著平成二十七年作成
『日輪寺村の歴史的資料を求めて』ほか 木村信夫編著平成二十六年作成
『画文集、赤城山麓の石神たち』品川鈴峰著二〇〇七年発行
『永井紺周郎資料集』二〇一五年 品川鈴峰編著
『紙芝居・繭の山河』片品の民話を語ろう会制作
…諸資料等…
永井流養蚕伝習所現永井啓之家保存文書その他
永井流門人入澤啓治郎現入澤誠家保存文書その他
山口藤吉現山口亥二郎家保存紺周郎肖像画
都丸十九一撮影稲荷神社のおびゃっこ
桑原二三治画帖いぶし飼い発祥の民家
笠原稔家養蚕具及び繭乾燥小屋

高橋光一家台所の囲炉裏
挿し絵、墨書及び現地調査等・永井つる代、田邉悠成、田邉諒河

【あとがき】

「富岡製糸場と絹産業遺産群」は、平成二十六（二〇一四）年六月に世界文化遺産として登録された。以後、群馬県の絹産業についての話題や新聞記事が日を追うごとに多くなった。行政面でも養蚕業の復活が重視されるようになり、昨年は繭生産が前年を越えたという話も聞かれている。

また、平成二十七年の四月になって、文化庁から日本遺産として、「かかあ天下…ぐんまの絹物語」の認定の発表があった。地方ごとに多様な特色を取り上げているが、群馬の場合は絹産業の歴史の中ではたした女性の役割をストーリーの観点から見つめ直すという意味合いがあるとのことである。ただ単に「かかあ天下」と言うと違和感を覚える場合もなきにしもあらずと思われるがストーリー的な理解を通すと、心をうつものが少なくないと察せられる。

永井流の養蚕方法は「いぶし飼い」の名で知られているが、村を歩くと換気矢倉のある母屋や、畑を囲むように生えている桑の古木など、養蚕のさかんだった頃が身近に感じられてくる。換気矢倉のことを村の人はけぶ出し矢倉と言い、いぶし飼いにとってなくてはならない家屋の造りといわれているのである。

いぶし飼いという言葉は飼育法としては原初的《げんしょてき》な感じを受けるが紺周郎が自分でつけ

た呼び名ではないようである。上大屋《かみおおや》の旧家に残されている紺周郎の肖像画には薪火育《まきびいく》と書かれているが、はたしてこれも紺周郎自身の命名によるものかどうか定かではない。いぶし飼い、あるいは薪火育の呼び名は誰言うとなく人々の間に生まれたいわば愛称のようなものだったかと推察される。

焚き火利用による養蚕飼育法の改良は紺周郎と妻のいとが先駆的な役割を果たしたと言われているが、これを総合的な記録として遺した者の一人に三浦幸三郎がいる。

三浦幸三郎は片品村の幡谷出身で、明治四十四年に永井流養蚕伝習所が閉鎖になるまで、役員兼事務員として力を尽くした人である。伝習所を閉じてここを去るにあたって「永井流養蚕術伝記」を書いた人であるが、感無量の想いを筆に託したものと察せられる。この人の残した文書は、永井流を理解する上で価値あるものと思われるが、二代紺周郎になってからの門人であり、初代紺周郎当時の沿革については誤謬《ごびゅう》もあるようである。その誤謬と目されるものの一つに永井流命名の由来のことがある。

三浦幸三郎文書によると、「…明治十七、八年頃、農業蚕業とも東京駒場大學の一課目と属ししも、政府は農蚕業共各々独立の必要を感じ西ヶ原に養蚕伝習所を開設なし、明治二十年より事業開始をなしたり。此時松永吾作先生各府県養蚕地に出張なし県内有数の養蚕技術家を県庁内に召集なし、各々其秘術所論を述べさせ其長所を選びて西ヶ原の養蚕伝習所の教科書を編纂《へんさん》なしたりと云ふ。此時永井先生も召集を受け明治初年より実地に研究したる実験を基礎として所説を述べたるに時の県令中村元雄殿永井紺周郎は蚕学者《さんがくしゃ》としては学問深からざるも実地指導には造詣《ぞうけい》深き者と認め養蚕指導名を永井流となし広く指導なすべしとて県令の命名にて永井流と称するに至りたり…」のくだりがある。ところが、歴代知事一覧表によると次のようになっている。

青山　貞《ただし》県令は明治四年十一月二日就任、明治五年十一月二日退任。

河瀬秀治《ひではる》県令は明治六年二月七日就任、明治七年七月十九日退任。

楫取素彦《かとりもとひこ》県令は明治七年七月十九日就任、明治十七年三月三十日退任。

佐藤與三《こうぞう》知事は明治十七年七月三十一日就任、明治二十四年四月九日退任。

中村元雄知事は明治二十四年四月九日就任、明治二十九年一月十八日退任。

右のことからすると、初代紺周郎は明治二十年五月四日に亡くなっているので中村知事の任期中ではなかったことが分かる。では楫取知事、佐藤知事のどちらかということになるが、紺周郎が明治十六年に辞令を返上しているので、佐藤知事でもないと見られるのである。それでこの『繭の山河』においては、永井流の命名者は楫取県令であるとしているのである。

三浦幸三郎文書は教科書編纂の準備段階の始まりを明治十七、八年頃としているが、それだと紺周郎が見廻り役を返上して家にこもり始める時期にあたるので、この物語では六年ほど遡《さかのぼ》るとみて、明治十一年とした。また、楫取県令あるいは松永教授との出会いの会場は県庁舎ではなく県庁最寄りの龍海院とした。しかしこれは仮説である。

話は変わるが、『群馬県史』資料編・産業の永井流の養蚕に関する内容については、今後かなりの追加が必要になるものと推察される。それは次の八点が平成二十六年に発見されたことによる。

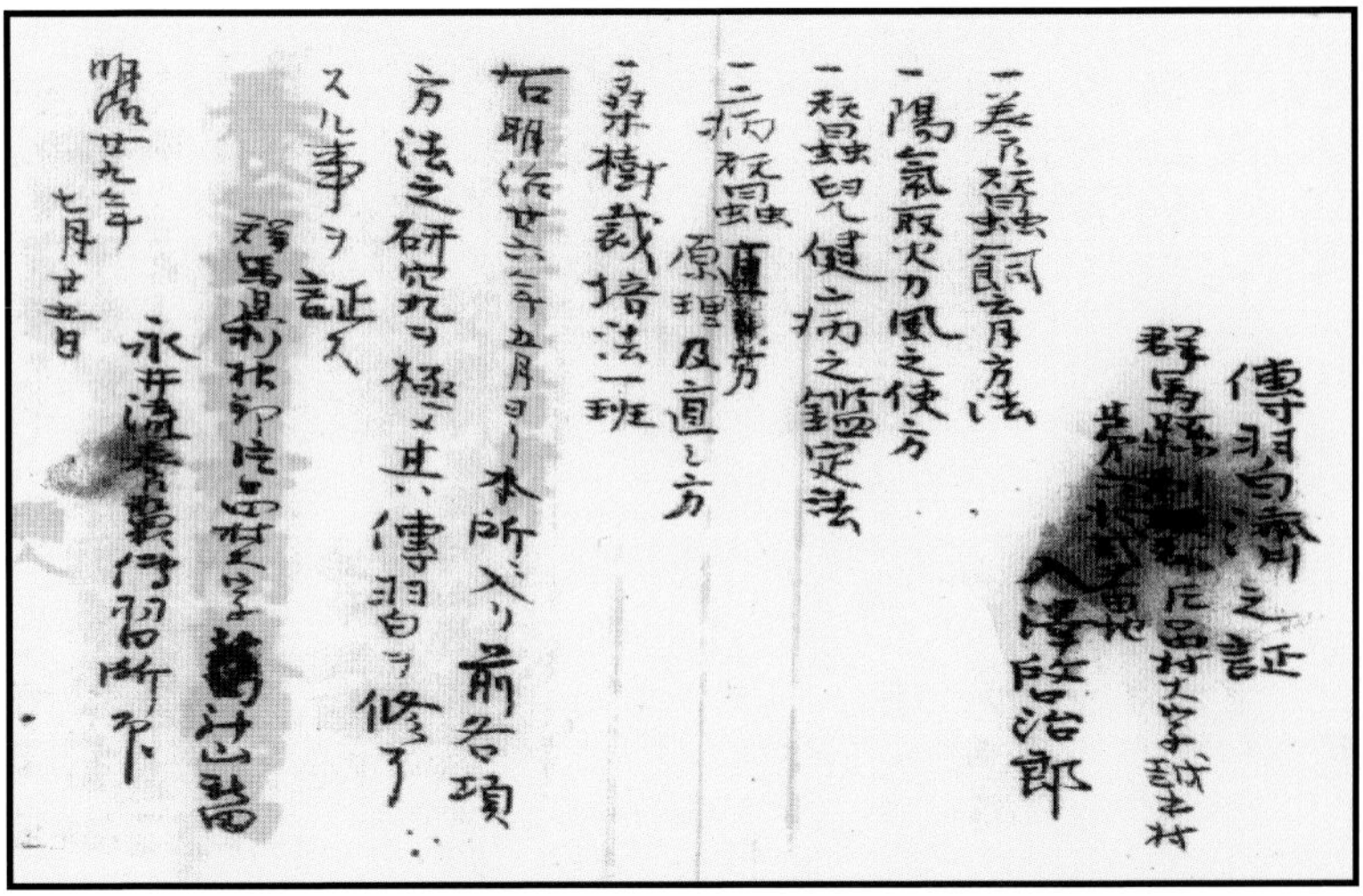
傳習済之証
入澤啓治郎
一 養蚕飼育方法
一 陽氣取火力風之使方
一 蚕兒健病之鑑定法
一 病蚕原理及直シ方
一 桑樹栽培法一班
右明治廿六年五月ヨリ本所ニ入リ前各項方法之研究ヲ極メ其傳習ヲ修了スル事ヲ証ス
永井流養蚕傳習所
明治廿九年七月廿五日

○伝習済之証写、伝習所開設願写、伝習所規則写
○永井流養蚕秘術録写、永井紺周郎先生演説写
○永井流養蚕秘術録写、星野喜藤治演説写
○入澤啓治郎政教性行履歴書写

これらは全て越本の屋号「かしや」の先祖である入澤啓治郎による筆写本で、蔵に保存されていたものである。このうち、一例を挙げると上枠内のものがある。

入澤啓治郎は二代紺周郎を師とする門人であるが、この証書は伝習所では上記枠内のような指導項目によって門人あるいは門下生を育成していたことを示している。

啓治郎は帰宅すると、真本の証書を父親の平三郎に見てもらってから、それを手本にして習字をしたのであろう。「かしや」には入澤啓治郎による養蚕関係の筆書きの文書が沢山遺されている。

『永井流養蚕秘術録・永井紺周郎先生演説写』と題した筆書きの写本もあり、これは二代紺周郎が、蚕種の観察から上蔟までの飼育法を論述し、これを入澤啓治郎が筆記しているもので、永井流の養蚕方法を知る上で必須とも言える文書である。

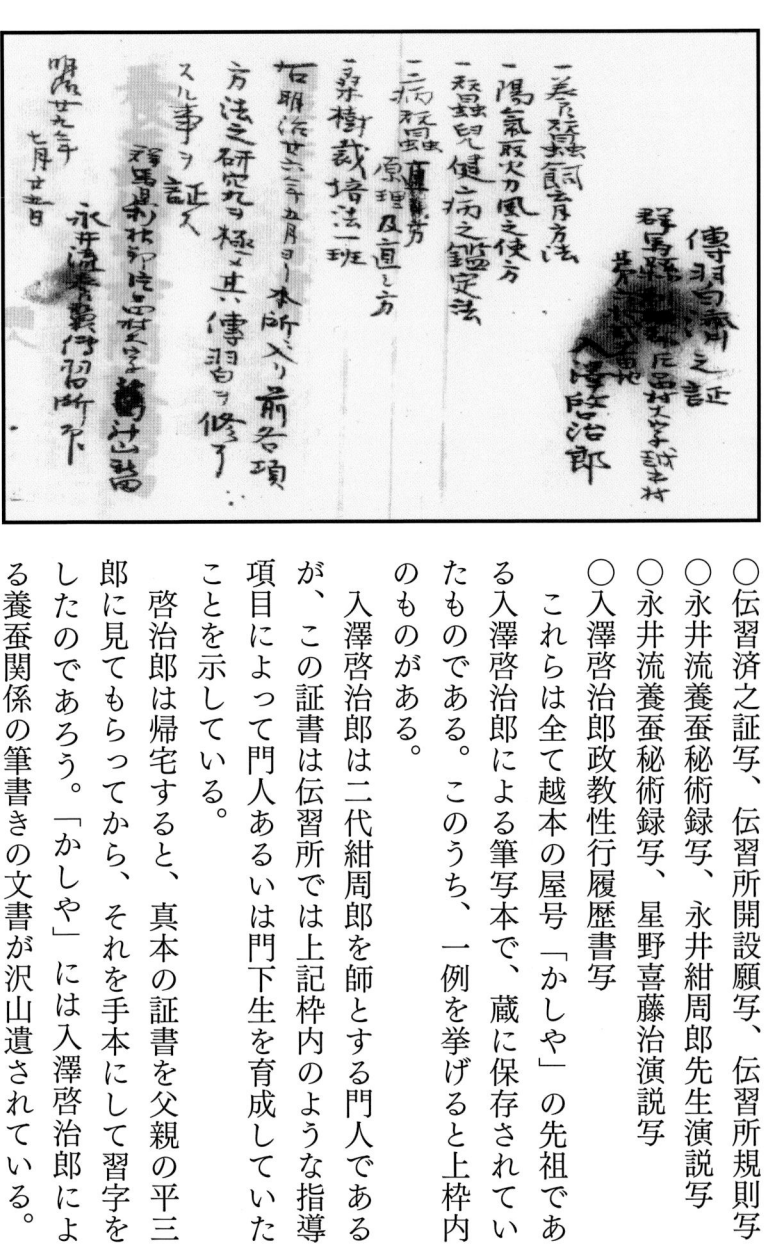

また初代紺周郎の直弟子だった東小川の星野喜藤治による「蚕病之沿革演説・蚕病之原理並直様」と表紙に書かれた演説記録も残されている。やはり、「門人入澤啓治郎筆記」である。

次に、参考までに、伝習所開設願いの前書きの全文を挙げてみることとしたい。

「右奉申上候吾国産タル蚕繭《さんけん》ハ其名諸方ニ轟《とどろ》クト雖《いえど》モ良品タル地位ヲ保ツ所以《ゆえん》ノモノハ飼育ノ功拙《こうぜつ》ニアリ而《あらかじ》メ良品ナラザレバ利益ナシ故紺周郎茲《ここ》ニ見ルアリ数十年ノ経験ニヨリ一《ひとつ》ノ飼育法ヲ発明シ従来当業者ヲ助クル者少《すくなし》トセズ近来伝習ヲ乞フモノ周年絶ユル事ナシ因《よっ》テ私儀其ノ飼育方世ニ公《おおやけ》ニシテ産繭《さんけん》ヲシテ益々最良ノ品位ニ至ラシメント奉存候間何卒《なにとぞ》右永井流養蚕伝習所設置ノ儀御聞届被成下度《おききとどけくだされたく》別紙規則書相添此段奉懇願候也

右

永井紺周郎

明治廿年十二月廿二日

群馬県知事　佐藤與三殿

これが、初代紺周郎が一度戻されてから何度も書き直し、死去後に提出された開設願いの頭書である。故紺周郎とあるので初代紺周郎没後のものと分かる。このときの宛名は佐藤與三知事で翌廿一年二月廿五日に許可になっている。許可になると早速本所である針山の母屋の庭先に実習棟の建築が始まったと察せられる。開設願いに「近来《きんらい》伝習ヲ乞フ者周年絶ユルコトナシ」とあるように、急ぎの開設が待たれていたのである。

こうして、針山の本所《ほんしょ》では宿泊しての養蚕実習、川場の谷地《やち》と敷島の津久田《つくだ》の二つの分所《ぶんしょ》では、宿泊までは要しない養蚕講習が実施されるようになった。永井流の門人名簿に記載された者の多くが門下生《もんかせい》と見なされ、蚕時《かいこどき》になると指導員（門人あるいは教示員）が巡回して飼育上の相談にのっていたのである。

永井流の特色としては、秀でた多くの門人あるいは門下生に恵まれたことが挙げられる。木村松太郎は昔の南勢多郡日輪寺村の人で近郷の人々にいぶし飼いを広め、日輪寺境内には「木村松太郎翁之碑」として顕彰碑が建てられている。また、利根郡薄根村の星川金次郎は自宅を伝習所の支所のようにして、郡内の西部寄りである薄根川、利根川、赤谷川周辺の人々にいぶし飼いを広めている。

「いぶし飼い」の名を語るかのように二階の障子が煤けている紺周郎家の母屋
（千明長治宅の庭より望む）

なお、勝保沢の快中山《かいちゅうざん》宗玄寺住職の森大《だい》心《しん》は、村の養蚕の違作を克服するために、針山新田まで足をはこんで自らも学びながら永井流による養蚕の普及に努めている。さらに、波志江の深沢茂三郎や波志江八坂組の高橋友吉あるいは上大屋の山口藤吉らは村世話人の立場から、地域の人々の暮らしにいぶし飼いを役立てるよう力を尽くしている。このように、初代紺周郎亡き後も、多くの門下生や門下生外《がい》の人々の善意と努力によって、焚き火飼い、別名いぶし飼い養蚕が絶えることなく広められていったことは、これこそ紺周郎といとの願うところだったと思われるのである。

この冊子をまとめるにつきましては、「片品の民話を語ろう会」の皆様をはじめ、非常に多くの方々から貴重な助言と沢山の資料を頂戴致しました。

また、『尾瀬紀行』の発行に続いて上毛新聞社出版部の後藤信様、並びに上越印刷の若井康久様はじめ多くの社員の方々に大変御世話になりました。ここにあらためて厚く御礼を申し上げます。誠に有り難う御座いました。

平成二十八（二〇一六）年　立秋

永井佐紺

著者紹介　永《なが》井《い》佐《さ》紺《こん》　（戸籍名　永井留治《ながいとめはる》）

……あしあと……

昭和10（1935）年4月13日利根郡片品村針山生
慶應義塾卒、平成7年3月末猿ヶ京小学校長を最後に退職
沼田市及び新治村史誌編纂委員会専門委員
新編『片品村誌』編集委員会副委員長
沼田市東原新町区長、元東原新町文化作品展実行委員長
尾瀬玉原通信編集協力委員、元沼田文学の会編集主幹
群馬県読書グループ連絡協議会運営委員
沼田市読書グループ連絡協議会々長
読書グループ「緑山読書クラブ」主宰

……おもな著書……

『坂のある町』『峠のある村』『城堀川』『桜の物語』
『茂左衛門物語…カタクリの坂道』『天狗からの電話』
『ふるさとの民話』『月夜野町の昔話』『蒼い畳』
『花ふぶきの里』

……受 賞……

◇日本児童文学者協会群馬支部「虹の会」より
　童話『一本の足』により　小野忠孝文学賞
◇エフエムＯＺＥハートフル教育賞
◇全国新聞社出版協議会ふるさと自費出版大賞
　『歴史と民俗をたどる山旅…尾瀬紀行』

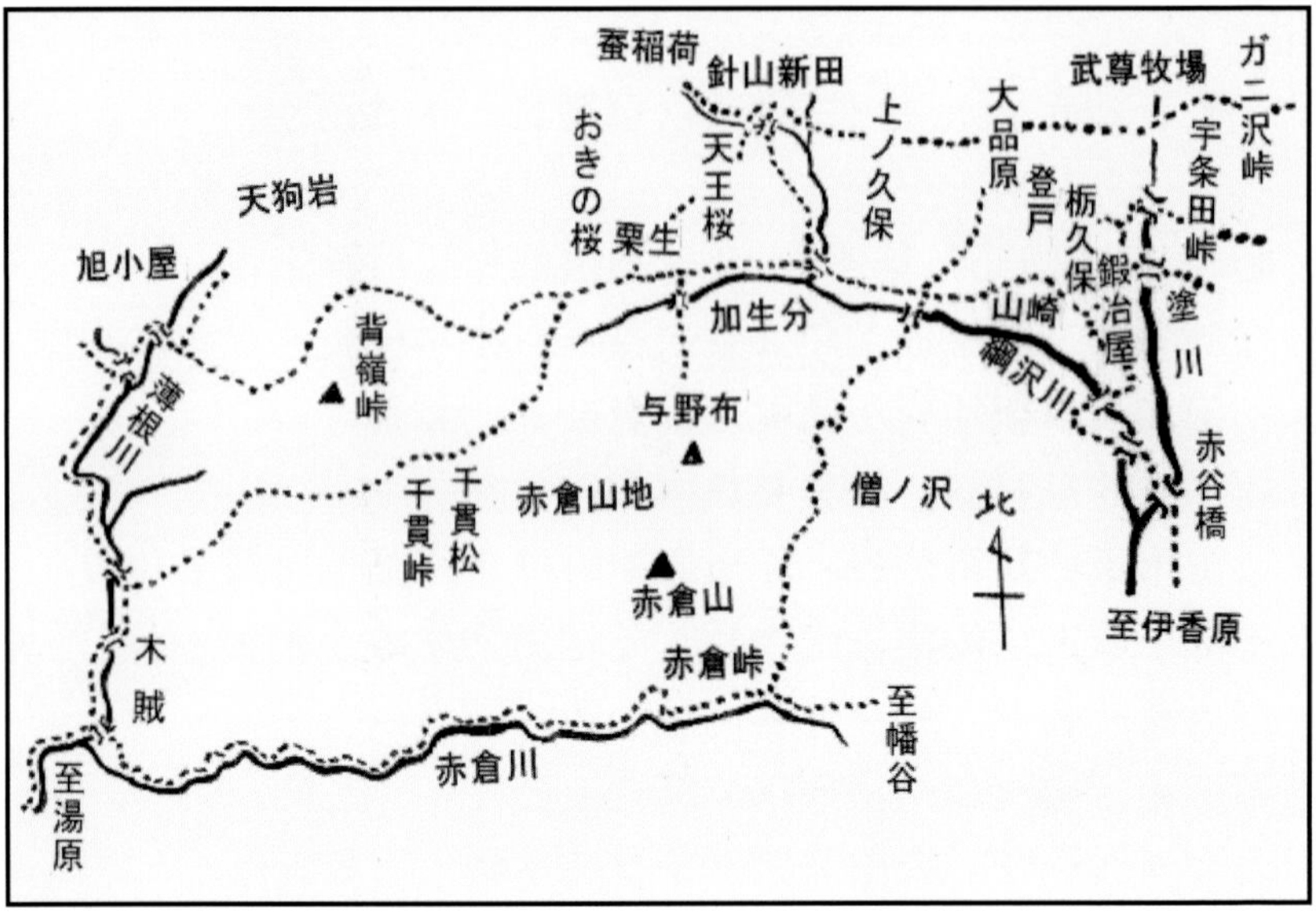


《千貫峠周辺地域の概念図》

書　名　上州のきぬ遺産『繭の山河』
いぶし飼い夫婦、ぐんまの絹物語
Mayu no sanga
発行日　平成 28 年 9 月 8 日
発行者　永 井 佐 紺　By　Sakon Nagai
〒 378-0053
群馬県沼田市東原新町 1815-1
電話　0278-23-0114
制作・発売　上毛新聞社事業局出版部
〒 371-8666 群馬県前橋市古市町 1-50-21
電話　027-254-9966